U0047927

王可樂日語
初級直達車

入門自學零基礎，快速完全掌握

作者 / 王可樂日語

目錄

第1課

文型一

1. 我是小王。

2. 陳先生是學生。

3. 田中先生是日本人。

文型二

1. 我不是王小姐。

2. 陳先生不是學生。

3. 田中先生不是台灣人。

文型三

1. 李先生是醫生嗎?

2. 你是銀行員嗎?

3. 田中先生是老師嗎?

文型四

1. A：陳先生是研究者嗎？

　 B：是的，是研究者。

2. A：田中先生是中國人嗎？

　 B：不，不是中國人。

文型五

1. A：田中先生是上班族。

   B：林先生也是上班族。

2. A：我是台灣人。

   B：張小姐也是台灣人。

文型六

1. 王先生是關西大學的老師。

2. 謝小姐是 UNIQLO 的職員。

3. 山田先生是東京醫院的醫生。

第 2 課

文型一

1. 這個是桌子。

2. 那個是書。

3. 那個是車子。

4. A：那個是什麼？

   B：這個是時鐘。

5. A：那個是什麼？

   B：那個是椅子。

文型二

1. 這是我的書。

2. 那不是老師的車子。

3. 那是田中先生的包包嗎？

文型三

1. 這枝筆是我的筆。

2. 那台車子是陳先生的嗎？

3. 那個筆記本不是田中先生的。

文型四

1. 這是雜誌，還是報紙？

2. 林小姐是中國人，還是日本人？

3. 那個時鐘是陳先生的，還是王先生的？

文型五

1. 這是本日文的書。

2. 那是本（介紹）手錶的雜誌。

3. A：那是本講什麼的書？

　　B：那是本（介紹）汽車的書。

第 3 課

文型一

1. 這裡是櫃台。

2. 那裡是廁所。

3. 那裡是醫院。

文型二

1. A：辦公室在哪裡？

　　B：在那裡。

2. A：鞋子的賣場在哪裡？

　　B：在百貨公司的三樓。

文型三

1. 圖書館在那裡。

2. 廁所在公司的二樓。

3. 王先生在教室。

文型四

1. A：這是哪裡生產的電話？

　　B：台灣製的電話。

2. A：那是哪家公司的包包？

　　B：LV 的包包。

☆ こ / そ / あ / ど總整理

	指示物品用	連接名詞用	指示場所用	
近距離	これ	この〜	ここ	こちら
中距離	それ	その〜	そこ	そちら
遠距離	あれ	あの〜	あそこ	あちら
疑問詞	どれ	どの〜	どこ	どちら

第 4 課

文型一

1. 現在 3 點。

2. 現在 11 點 25 分。

3. A：現在幾點呢？

　　B：現在是下午 6 點 30 分。

　　　　日本現在是上午 4 點 37 分。

文型二

1. 今天是星期六。

2. 昨天是星期五。

3. A：明天是星期幾？

　　B：明天是星期日。

文型三

1. 銀行 9 點開始 (上班)。

2. 陳小姐今天早上 8 點起床。

3. 田中先生星期六和星期日都沒休息。

4. 王先生昨天沒工作。

☆ 動詞的時態表現

現在未來肯定	現在未來否定	過去肯定	過去否定
～ます	～ません	～ました	～ませんでした
働きます	働きません	働きました	働きませんでした
休みます	休みません	休みました	休みませんでした
起きます	起きません	起きました	起きませんでした
寝ます	寝ません	寝ました	寝ませんでした
仕事します	仕事しません	仕事しました	仕事しませんでした

文型四

1. 我從 9 點工作到 5 點。

2. 王小姐從上午 8 點半學習到下午 4 點。

3. 田中先生從星期二休息到星期四。

第 5 課

文型一

1. 王先生去公司。

2. 陳小姐來學校。

3. 我明天回家。

4. A：昨天去哪裡了呢？

　　B：去了車站跟銀行。

　　　　哪裡都沒有去。

文型二

1. 我坐公車去學校。

2. 田中先生搭飛機來台灣。

3. 王小姐坐電車回台中。

4. 陳先生走路去車站。

文型三

1. 我跟女朋友去超市。

2. 李先生跟朋友去百貨公司。

3. 陳小姐跟家人坐計程車來夜市。

文型四

1. A：什麼時候去台北呢？

　 B：9 月 14 日去。

　　 下個星期六去。

2. A：什麼時候來台灣的？

　 B：去年來台灣的。

3. A：什麼時候跟誰去什麼地方呢？

　 B：下星期日跟女朋友去台北。

第 6 課

文型一

1. 我看電影。

2. 陳小姐不工作。

3. 李先生今天早上抽了菸。

4. 我昨天沒吃蛋和肉。

5. A：昨天吃了什麼呢？

　 B：什麼也沒吃。

6. A：星期日做什麼？

　 B：去台中。

文型二

1. 我在超級市場買菜。

2. 李小姐在那間店不喝咖啡。

3. 謝先生昨天在公園拍了照。

4. 田中先生昨晚在家沒看電視。

5. A：在哪裡買果汁呢？

　　B：在超市買果汁。

文型三

1. 要不要一起吃晚餐？

2. 要不要一起去日本？

3. A：要不要一起喝啤酒？

　　B：好啊，沒問題！

文型四

1. 吃吧！

2. 喝吧！

3. 休息一下吧！

4. 喝蔬果汁吧！

5. A：要不要一起喝啤酒呢？

　　B：好啊！沒問題！一起喝吧！

☆ 〜ませんか跟〜ましょう的比較

ビールを飲みましょう。	
禮貌程度上的不同	
〜ませんか ＞ 〜ましょう	
有考慮對方的立場	沒有考慮對方的立場
詢問對方要不要喝	直接要對方一起喝

第 7 課

文型一

1. 台灣人用筷子吃飯。

2. 王小姐用電腦寫報告。

3. 爸爸用剪刀剪紙。

文型二

1.「ありがとう」在中文是「謝謝」的意思。

2.「さようなら」在英文是「bye bye」的意思。

3.A：「好吃」在日文是什麼意思呢?

　B：意思是「おいしい」。

文型三

1. 老師教學生日文。

2. 陳先生向山田先生學日文。

3. 我借（出）錢給朋友。

4. 朋友向我借（入）錢。

5. 張小姐送巧克力給小孩。

6. 我從朋友那邊收到照片。

文型四

1. A：已經吃飯了嗎?

　B：是的,已經吃了。

　　　不,還沒。正準備去吃。

2. A：已經寫報告了嗎？

　　B：是的，已經寫了。

　　　　不，還沒。正準備要去寫。

3. A：已經打電話給陳小姐了嗎？

　　B：是的，已經打了。

　　　　不，還沒。正準備要打。

第 8 課

文型一

1. 日本的包包很貴。

2. 這本書很有趣。

3. 蛋糕很好吃。

4. 京都很熱鬧。

5. 王先生很親切。

文型二

1. 富士山是很高的山。

2. 陳小姐是有趣的人。

3. 斗六是安靜的城市。

4. 日本是漂亮的國家。

文型三

1. 北海道很冷。

2. UNIQLO 是很有名的公司。

3. 啤酒不太好喝。

4. 台北不太安靜。

文型四

1. 老師很帥，而且很溫柔。

2. 這個城市很漂亮，而且很安靜。

3. 蛋糕很好吃，而且很便宜。

文型五

1. 蛋糕很好吃，但是很小塊。

2. 那間餐廳很漂亮，但是很貴。

3. 工作忙碌，但是很快樂。

文型六

1. A：日本如何呢？

　 B：很漂亮。

2. A：日本是什麼樣的國家呢？

　 B：是個漂亮的國家。

第 9 課

文型一

1. 我喜歡你。

2. 小新討厭蔬菜。

3. 山田先生擅長中國菜。

4. 李先生不擅長日文。

文型二

1. 我懂平假名。

2. 陳小姐懂日文。

3. 史密斯先生不懂漢字。

文型三

1. 李先生有錢。

2. 我有車和房子。

3. 史密斯先生沒有時間。

文型四

1. 王先生因為喜歡喝酒，所以經常喝。

2. 我因為討厭蔬菜，所以不太吃。

3. 因為沒時間了，所以哪裡都不去。

文型五

1. A：今天早上什麼也沒吃。

　B：為什麼？

　A：因為沒有錢。

第 10 課

文型一

1.（在）公園有小孩。

2.（在）房間有貓。

3.（在）教室有老師和學生。

4. A：（在）廁所裡有誰？

　　B：沒有人。

文型二

1.（在）書架上有各式各樣的書。

2.（在）桌子上有書跟筆記本。

3. 郵局的右邊有超商。

4. A：冰箱裡有什麼？

　　B：有青椒和白菜。

文型三

1. 小孩在公園。

2. 貓在門的附近。

3. 老師在教室。

4. A：陳小姐在哪裡？

　　B：在房間裡。

文型四

1.「台北 101」在台北。

2. 麥當勞在火車站的前面。

3. 書店在餐廳的隔壁。

4. A：「50 嵐」在哪裡？

　　B：在花店跟家樂福之間。

文型五

1. 箱子裡有信、照片等等。

2. 公園裡有狗、貓、小孩等等。

3. A：冰箱裡有什麼？

　　B：有青椒、白菜、紅蘿蔔等等。

☆ と跟や的比較

と	や
1. 敘述數量三以內的東西或生物。 2. 表示除了敘述的東西或生物之外，沒有其他東西或生物。 請看下面例子 <ruby>池<rt>いけ</rt></ruby>に<ruby>蛙<rt>かえる</rt></ruby>と<ruby>魚<rt>さかな</rt></ruby>とおたまじゃくしがいます。 例：池に蛙と魚とおたまじゃくしがいます。 (池塘裡有青蛙、魚跟蝌蚪〈只有青蛙、魚跟蝌蚪沒有其他生物了〉)	1. 列舉數量三以上的東西或生物。 2. 表示除了列舉出來的東西或生物之外，還有其他東西或生物。 3. 後面可加「など」 <ruby>動物園<rt>どうぶつえん</rt></ruby>に<ruby>象<rt>ぞう</rt></ruby>やキリンやライオンなどがいます。 例：動物園に象やキリンやライオンなどがいます。 (動物園裡面有大象、長頸鹿、獅子等...〈除了大象、長頸鹿、獅子外還有其他動物〉)

第 11 課

文型一

1. 有五張桌子。

2. 桌上有五顆橘子。

3. 包包裡有四張紙。

4. 我吃兩顆蘋果。

5. 李先生買了一台電腦。

6. A：這間公司有幾位日本人？

　　B：有三位日本人。

7. A：教室裡有幾張桌子？

B：有四張桌子。

文型二

1. 我昨天學了一小時的日語。

2. 李先生在日本待了三個月。

3. 小孩每天睡八小時。

4. A：上個月向公司請幾天假？

B：向公司請了五天假。

5. A：英文大約學了多久？

B：學了 12 年。

6. A：從斗六到台北要花多久時間?

B：搭公車要花三小時左右。

搭高鐵只要花二小時。

文型三

1. 媽媽一天買一次菜。

2. 我一星期看兩次電影。

3. 山田先生一個月給女朋友寫三次信。

4. 李小姐一年去四次日本。

第 12 課

文型一

	現在 / 未來	過去	翻譯
肯定	暑いです	暑かったです	很熱
	おいしいです	おいしかったです	很好吃
	いいです	よかったです	很好
否定	暑くないです	暑くなかったです	不熱
	おいしくないです	おいしくなかったです	不好吃
	よくないです	よくなかったです	不好

文型二

	現在 / 未來	過去	翻譯
肯定	先生です	先生でした	老師
	元気です	元気でした	有精神（的）
	静かです	静かでした	安靜（的）
否定	先生 では／じゃ ありません	先生 では／じゃ ありませんでした	不是老師
	元気 では／じゃ ありません	元気 では／じゃ ありませんでした	沒有精神
	静か では／じゃ ありません	静か では／じゃ ありませんでした	不安靜

文型三

1. 英文比日文簡單。

2. 拉麵比麵包好吃。

3. 山田先生比王小姐會做菜。

4. 台北比斗六人口多得多。

文型四

1. A：果汁和咖啡哪種比較喜歡？

　B：我比較喜歡咖啡。

　　兩種都喜歡。

2. A：春天跟秋天，哪個季節比較涼爽？

　B：秋天比較涼爽。

　　兩個都很涼爽。

文型五

1. A：日本料理中，什麼最好吃？

　B：壽喜燒最好吃。

2. A：朋友中，最喜歡誰？

　B：最喜歡陳先生。

3. A：一年中，什麼時候最熱？

　B：夏天最熱。

4. A：在日本，哪裡最漂亮？

　B：京都最漂亮。

筆 記 欄

筆 記 欄

筆 記 欄

筆 記 欄

筆記欄

筆記欄

「なるほど！」と感じる喜び！

なるほど！

はじめに｜前言｜

　　我一直在思考，如果能將教科書比喻成一個人，那什麼樣的人值得我們深交，並願意將自己學習語言的熱情與動力完全奉獻給他呢？

　　一般而言，教科書總是給人很嚴謹，內容一板一眼的感覺，也許這樣的形象符合教科書該有的身分，但這會讓人難以親近，在某些情況下，這種嚴肅謹慎的態度是帶有壓迫感的，學語言本來就不容易，如果連學習的礎石都這麼生硬，是很容易讓學習者放棄學習的，因此好的教科書除了內容完整度要夠，對於內文的陳述、版面的排列、文字的說明等，都必須讓學習者感到舒服，內容例句也不要太死板，應該要更有趣也更生活化一些，只要有這樣的教科書，相信學習者可以學得更開心，也能更靈活地活用語言。

　　然而，儘管市面上有大量的教科書，作者、出版時間都不相同，但這幾十年來，這些書籍的內容呈現方式卻完全一樣，學習者也就很難發現不同品牌教科書的獨立特點，由於彼此的內容都過於生硬，因此就像吃了沒有淋上任何湯汁的白米飯一樣，特別無味，難以吞嚥。

　　為了解決這個問題，我們決定開發自己的教科書，我們追求 2 個要點：
①單字要最新、文法項目要最全
②內文例句要生活化，而且是能應用於日常生活中的

　　教科書內容絕不能太死板，要適當加入一些輕鬆的元素，才能引發學習者持續翻閱學習的動力，也因此這 6 年來，針對內容，我們開過無數場的檢討會議，修改了數百次的教科書，終於把「初級（相應日檢 N4、N5）」、「中級（N3）」、「中高級（N2）」、「高級（N1）」完整的教材全部編制完成，我們教科書的特點如下：

初級（N4、N5）
　　由單字、文法句型、會話、練習所組成的基礎課程。
　　內容採用最新的單字列表，並補充市面上教科書沒提及的文法，力求單字的實用性與文法量，另外導入大量的動詞變化解說與練習，學習者能由初級教科書打好基礎日語能力。

中級（N3）

採用短篇文章進行教學，從文章中帶入大量助詞跟 N3 文法解說，並針對部分 N4、N5 文法做了複習。

以訪問日本人的故鄉為故事開端，之後引發一連串的故事，例如：人際關係、生活與戀愛、結婚生子等，每個主題都非常有趣實用，學習者能籍由中級教科書，學會文章的讀解方式，及各個助詞在文章中的應用。

中高級（N2）

採用中長篇文章進行教學，從文章中帶入大量助詞跟 N2、N3 文法教學，並針對較難懂長句做了短句拆解的教學。

以日本文化為主軸，針對 15 個主題做出解說，例如：學習者能籍由中高級教科書，學會長文章的讀解、助詞的應用及長句子的拆解，培養能閱讀較簡單日文小說，或短篇文章的讀解能力。

高級（N1）

採用長篇文章進行教學，從文章中帶入 N1、N2 文法教學，並針對較難懂長句做了短句拆解的教學。

以日本人的生活與文化為主軸，針對 20 個主題做出解說，例如：「日本人と掃除」、「出産のあれこれ」、學習者能籍由高級教科書，學會長文章的讀解、助詞的應用及長句子的拆解，累積雜誌文章、報紙讀解的能力及高階文法的應用。

王可樂日語創辦人

王頂倨

2019.09

本書四大特色

〈 特色1 〉 大量文法、豐富例句

除了涵蓋所有初級（N5-N4）文法外，每個文法還搭配豐富有趣的例句。另外，針對較複雜的文法會有詳細的補充說明和獨家解說。

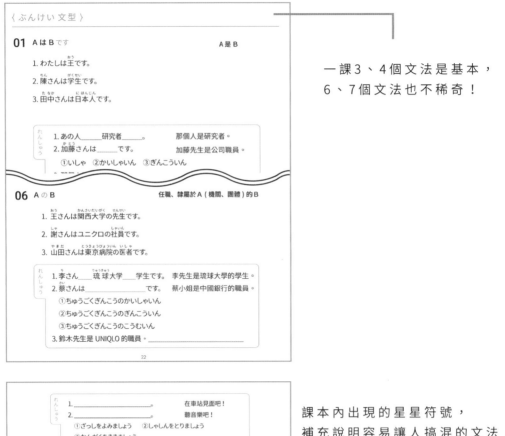

一課3、4個文法是基本，
6、7個文法也不稀奇！

課本內出現的星星符號，
補充說明容易讓人搞混的文法！

〈 特色2 〉 邊聽邊讀

每一課的單字、會話皆附有聽檔。只要掃描QR CODE，不論你是在大眾運輸上，還是開車、運動中，都能輕鬆聽取。

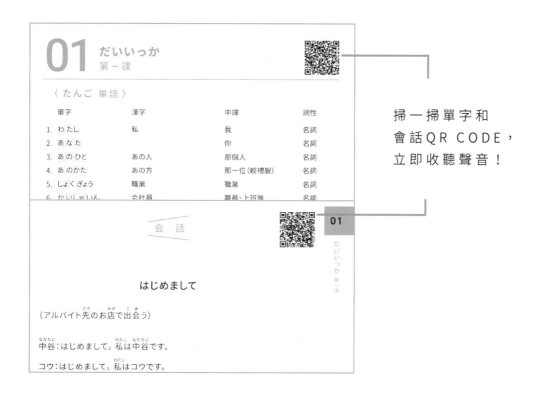

掃一掃單字和
會話 QR CODE，
立即收聽聲音！

掃描左測QRcode，
可以觀看每一課的重點文法解說小短片哦！

〈 特色3 〉 多樣的附錄、有趣的豆知識

多樣的附錄、有趣的豆知識除了主要學習的內容外，本書還穿插許多豆知識在各個環節中，讓你在學習語言知識之餘，也增長日本文化的素養。另外，書本的後面，有放上各式各樣的附錄，包括課文的補充內容、會話中譯、索引、日本地圖等，讓學習者可以學得更有效率更扎實。

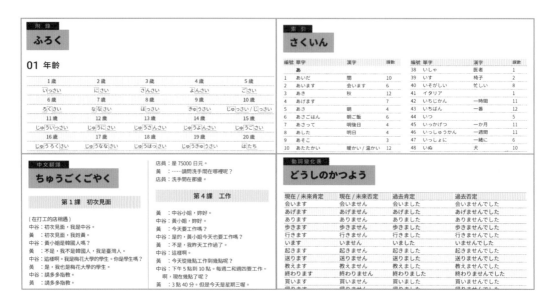

〈 特色4 〉 練習題3部曲

・每個文法底下都有一個「れんしゅう」，學完立刻練習
・每課後面也都會有一個「まとめ問題」，讓你現學現用、立即驗收
・每2~3課還有一個「ふくしゅう」，不用怕前面學了忘記，用大量的練習題幫助記憶。

〈ぶんけい 文型〉

01 A は B です　　　　　　　　　　　A是B
1. わたしは王です。
2. 陳さんは学生です。
3. 田中さんは日本人です。

> 1. あの人＿＿＿研究者＿＿＿。　　　那個人是研究者。
> 2. 加藤さんは＿＿＿です。　　　　加藤先生是公司職員。
> 　①いしゃ　②かいしゃいん　③ぎんこういん
> 3. 那個人是美國人。

————————　學完一個文法就
　　　　　　　　能立刻練習！

まとめ問題

1. A: 黄さんは銀行員ですか。　　　　　黃先生是銀行行員嗎？
　B:＿＿＿＿＿＿＿＿＿＿。　　　　　是的，是銀行行員。
　①はい、ぎんこういんです　　　　②いいえ、アメリカじんではありません
　③はい、ぎんこういんではありません

2. 陳さんは＿＿＿＿＿＿＿＿＿。　　　陳小姐不是學生。
　①がくせいではありません　　　②けんきゅうしゃではありません
　③がくせいです

3. 李さん＿＿＿琉球大学＿＿＿教師です。　李先生是琉球大學的教師。
　①の、は　②の、の　③は、の

————————　趁記憶猶新，趕緊來
　　　　　　　　檢視自己是否都有把
　　　　　　　　內容吸收進去喔！

🖊 ふくしゅう　復習　　　　復習內容　第1～3課

1. ＿＿＿のことばはひらがな、かたかな、漢字でどう書きますか。

①あなたはあめりか人ですか。
　1. アメリカ　2. ヤメリカ　3. アメリカ　4. アメリガ

②このかめらはわたしのです。
　1. ガメル　2. カメル　3. がメラ　4. カメラ

③これは本ですか、ざっしですか。
　1. 雜誌　2. 雜志　3. 雜誌　4. 雜志

④あそこはきょうしつです。
　1. 事務所　2. 会社　3. 教室　4. 病院

————————　學了這麼多，有了複習
　　　　　　　　就不用怕忘記囉！

せつめい

我們的初級教材共有 4 冊，分別為初級 I（第 1 課～第 12 課）、初級 II（第 13 課～第 25 課）、初級 III（第 26 課～第 38 課）、初級 IV（第 39 課～第 50 課），每一冊的內容如下：

1. 五十音（ごじゅうおん / 50 音）

剛學習完五十音的同學，進到初級課程後不用害怕如果五十音忘記怎麼辦，本書前面列出平、片假名的清音、濁音等，讓同學可以對照著看，達到最有效率的學習。

2. 人物介紹（キャラクターしょうかい / キャラクター紹介）

出現在會話裡的人物，介紹其背景設定和關聯性，藉此讓同學更能融入會話內容。主要講述在日本的台灣人，與日本人之間所發生的各種有趣大小事。

3. 目次（もくじ / 目次）

除了可以查詢每一課所在的頁數外，也可以讓同學一眼就得知這一冊主要會學習到哪些文型。

4. 單字（たんご / 単語）

本書將初級該學習的單字列表在每課的開頭，除了假名、漢字外，還有附上中譯、詞性、語調，讓同學在背誦的過程中有更多資料可以輔助自己記憶。習慣用聲音來記住生字的同學別擔心，我們也有放上音檔的 QR code，用手機一掃就能立刻聽到純正日本人的發音喔！

5. 文法（ぶんけい / 文型）

在熟悉單字後，就可以進入到文型的部分，我們會逐一列出該課將學習的文型，每課依難易度不同會學到不同的數量，每個文型都會搭配許多例句，幫助同學更快熟悉該文型的應用。

6. 練習（れんしゅう / 練習）

除此之外，每個文型還會附上一個小練習，讓同學學習一個文型後可立即做練習，藉由練習來評估自己還有哪邊不清楚。

7. 會話（かいわ / 会話）

學習完文型後，可以藉由會話來瞭解一般日本人會怎麼使用在日常生活中。每課皆有一篇會話，有故事性也有連貫性，人物之間的後續發展，也能促使同學有往後學習的動力。喜歡聽聲音學習的同學，用手機掃一掃旁邊的 QR code，還能立刻聽到美聲日文喔！

8. 課後練習（まとめもんだい / まとめ問題）

每課課後有 10 題左右的練習題，有選擇題和小型翻譯題，讓同學在結束一課後有更多的題目可以自我檢測。

9. 複習（ふくしゅう / 復習）

每幾課會有一個複習篇，複習篇題型主要有單字選擇、助詞文型練習、聽力練習（附音檔 QR code），再搭配不同的補充練習，例如疑問詞、動詞時態變化等，如果覺得單元總練習的題目不夠，可以自己再花一些時間來寫這個複習，讓自己所學深烙在腦海裡。

10. 附錄（ふろく / 付録）

根據每冊上課的內容做額外補充，補充數量不定，根據課程需求而變化，有補充表單也有練習表形式。

11. 動詞變化表（どうしのかつよう / 動詞の活用）

將該冊的動詞分為第 I、II、III 類，並整理出各種變化，根據每一冊的進度給予不同的動詞變化對照表，讓想要加強自己動詞變化能力的同學有個紙本模範老師可以參考。

12. 索引（さくいん / 索引）

將本書所有單字以五十音順序做排列，並對照課數，方便同學迅速查詢單字所屬課數。

13. 日本地圖（にほんちず / 日本地図）

日本 1 都 1 道 2 府 43 縣的相對位置及日本版塊圖，並標示各個都道府縣的唸法。43 縣有相對應的城市，若沒有另外括號標註哪個城市，就表示縣市同個名稱。

14. 解答（こたえ / 答え）

課本最後會有解答區，包含練習、課後練習、複習、附錄的解答。

15. 中文翻譯（ちゅうごくごやく / 中国語訳）

放上每課會話的中文意思供同學參考，翻譯會因為語順的關係而有一些增減，希望同學可以藉由中文的輔助更懂得會話的意思。

16. 別冊（べっさつ / 別冊）

收錄文型例句的解答、中文翻譯，以及星星符號（☆）的補充說明。請先試著自己練習和翻譯文型的例句，然後再拿出別冊來驗收吧！

ごじゅうおん

平假名列表及讀音

あ行	あ a	い i	う u	え e	お o
か行	か ka	き ki	く ku	け ke	こ ko
さ行	さ sa	し shi	す su	せ se	そ so
た行	た ta	ち chi	つ tsu	て te	と to
な行	な na	に ni	ぬ nu	ね ne	の no
は行	は ha	ひ hi	ふ fu	へ he	ほ ho
ま行	ま ma	み mi	む mu	め me	も mo
や行	や ya		ゆ yu		よ yo
ら行	ら ra	り ri	る ru	れ re	ろ ro
わ行	わ wa				を wo
	ん n				

濁音

が行	が ga	ぎ gi	ぐ gu	げ ge	ご go
ざ行	ざ za	じ ji	ず zu	ぜ ze	ぞ zo
だ行	だ da	ぢ ji	づ zu	で de	ど do
ば行	ば ba	び bi	ぶ bu	べ be	ぼ bo

半濁音

ぱ行	ぱ pa	ぴ pi	ぷ pu	ぺ pe	ぽ po

拗音

か行	きゃ kya	きゅ kyu	きょ kyo
が行	ぎゃ gya	ぎゅ gyu	ぎょ gyo
さ行	しゃ sha	しゅ shu	しょ sho
ざ行	じゃ ja	じゅ ju	じょ jo
た行	ちゃ cha	ちゅ chu	ちょ cho
だ行	ぢゃ ja	ぢゅ ju	ぢょ jo
な行	にゃ nya	にゅ nyu	にょ nyo
は行	ひゃ hya	ひゅ hyu	ひょ hyo
ば行	びゃ bya	びゅ byu	びょ byo
ぱ行	ぴゃ pya	ぴゅ pyu	ぴょ pyo
ま行	みゃ mya	みゅ myu	みょ myo
ら行	りゃ rya	りゅ ryu	りょ ryo

ごじゅうおん

片假名列表及讀音

ア行	ア a	イ i	ウ u	エ e	オ o
カ行	カ ka	キ ki	ク ku	ケ ke	コ ko
サ行	サ sa	シ shi	ス su	セ se	ソ so
タ行	タ ta	チ chi	ツ tsu	テ te	ト to
ナ行	ナ na	ニ ni	ヌ nu	ネ ne	ノ no
ハ行	ハ ha	ヒ hi	フ fu	ヘ he	ホ ho
マ行	マ ma	ミ mi	ム mu	メ me	モ mo
ヤ行	ヤ ya		ユ yu		ヨ yo
ラ行	ラ ra	リ ri	ル ru	レ re	ロ ro
ワ行	ワ wa				ヲ wo
	ン n				

濁音

ガ行	ガ ga	ギ gi	グ gu	ゲ ge	ゴ go
ザ行	ザ za	ジ ji	ズ zu	ゼ ze	ゾ zo
ダ行	ダ da	ヂ ji	ヅ zu	デ de	ド do
バ行	バ ba	ビ bi	ブ bu	ベ be	ボ bo

半濁音

パ行	パ pa	ピ pi	プ pu	ペ pe	ポ po

拗音

カ行	キャ kya	キュ kyu	キョ kyo
ガ行	ギャ gya	ギュ gyu	ギョ gyo
サ行	シャ sha	シュ shu	ショ sho
ザ行	ジャ ja	ジュ ju	ジョ jo
タ行	チャ cha	チュ chu	チョ cho
ダ行	ヂャ ja	ヂュ ju	ヂョ jo
ナ行	ニャ nya	ニュ nyu	ニョ nyo
ハ行	ヒャ hya	ヒュ hyu	ヒョ hyo
バ行	ビャ bya	ビュ byu	ビョ byo
パ行	ピャ pya	ピュ pyu	ピョ pyo
マ行	ミャ mya	ミュ myu	ミョ myo
ラ行	リャ rya	リュ ryu	リョ ryo

キャラクターしょうかい

★ 梅花大学：在大阪的虛構大學

黄鈴麗 / コウリンリー

台灣人，梅花大學的留學生，喜歡拉麵，不喜歡納豆。

用收音機在學習日文，有時候會教山口小姐中文。

擅長做菜，喜歡鞋子。媽媽喜歡章魚燒。

中谷香枝 / なかたにかえ

和歌山縣人，有 3 個弟弟，目前是一個人住。

不擅長做菜，喜歡腳踏車。

雖然個性有點冒失，不過對每個人都很友善。

岩崎 / いわさき

梅花大學的女大生，中谷小姐的好友。喜歡看電影和漫畫，

也喜歡可愛的東西。

有男朋友，上面還有一個 20 歲的哥哥。

吉娜 / ジーナ

梅花大學的女大生，尼泊爾人，喜歡中國菜，

和黃小姐一起創立世界料理研究會。爸爸是一位帥哥。

山口 / やまぐち

　　梅花大學的女大生，喜歡看書，個性穩重，預計到台灣留學。

　　（也有出現在《相關用語》一書裡喔！）

町中夏樹 / まちなかなつき

　　黃小姐打工地方的常客，中年作家，非常愛自己的老婆。

佐竹先生 / さたけせんせい

　　梅花大學的教授，是町中夏樹的粉絲。

目次
もくじ

01 だいいっか

- A は B です
- A は B では　ありません
- A は B ですか
- はい、〜です

  いいえ、〜ではありません
- A も B です
- A の B

頑張りましょう！

〈 たんご 単語 〉

	單字	漢字	中譯	詞性
1.	わたし	私	我	名詞
2.	あなた		你	名詞
3.	あのひと	あの人	那個人	名詞
4.	あのかた	あの方	那一位 (較禮貌)	名詞
5.	しょくぎょう	職業	職業	名詞
6.	かいしゃいん	会社員	職員、上班族	名詞
7.	しゃいん	社員	～公司的職員	名詞
8.	てんいん	店員	店員	名詞
9.	ぎんこういん	銀行員	銀行行員	名詞
10.	いしゃ	医者	醫生	名詞
11.	けんきゅうしゃ	研究者	研究人員	名詞
12.	きょうし	教師	教師	名詞
13.	せんせい	先生	老師	名詞
14.	がくせい	学生	學生	名詞
15.	エンジニア		工程師	名詞
16.	だいがく	大学	大學	名詞
17.	びょういん	病院	醫院	名詞
18.	たいいく	体育	體育	名詞
19.	アメリカ		美國	名詞
20.	イギリス		英國	名詞
21.	イタリア		義大利	名詞
22.	ドイツ		德國	名詞
23.	フランス		法國	名詞
24.	タイ		泰國	名詞

單字	漢字	中譯	詞性
25. にほん	日本	日本	名詞
26. かんこく	韓国	韓國	名詞
27. ちゅうごく	中国	中國	名詞
28. ～じん	～人	～人	名詞
29. かんさい	関西	關西地區	名詞
30. ユニクロ		優衣庫 (UNIQLO)	名詞
31. だれ	誰	誰	
32. どなた		誰（較禮貌）	
33. なんさい	何歳	幾歲	
34. おいくつ		幾歲（較禮貌）	
35. ～さん		～先生 / 小姐	
36. ～くん	～君	對同輩、晚輩、下屬的稱呼（多用於男性）	
37. ～ちゃん		對親暱的人的稱呼（多用於小孩或寵物）	
38. はい		是	
39. いいえ		不是	
40. はじめまして	初めまして	初次見面	
41. すみません		不好意思	
42. どうぞ		請	
43. よろしくおねがいします	よろしくお願いします	請多指教	
44. そうです		沒錯	

★ 会話単語

1. ウメだいがく	ウメ大学	梅花大學	名詞

〈 ぶんけい 文型 〉

01　AはBです　　　　　　　　　　　　　　　　　　　　　A是B

1. 私は王です。

2. 陳さんは学生です。

3. 田中さんは日本人です。

れんしゅう

1. あの人_____研究者_____。　　　　那個人是研究者。
2. 加藤さんは_____です。　　　　　加藤先生是公司職員。
　①いしゃ　②かいしゃいん　③ぎんこういん
3. 那個人是美國人。
＿＿＿＿＿＿＿＿＿＿＿＿＿＿＿＿＿＿＿

02　AはBでは ありません　　　　　　　　　　　　　　　A不是B

1. 私は王ではありません。

2. 陳さんは学生ではありません。

3. 田中さんは台湾人じゃありません。

れんしゅう

1. 佐々木さん_____銀行員_____。
　佐佐木小姐不是銀行行員。
2. 陳さんは_____ではありません。
　①ちゅうごくじん　②かんこくじん　③にほんじん
　陳小姐不是中國人。
3. 伊藤先生不是學生。＿＿＿＿＿＿＿＿＿＿＿＿＿＿

03 AはBですか
A是B嗎？

1. 李_りさんは医者_{いしゃ}ですか。

2. あなたは銀行員_{ぎんこういん}ですか。

3. 田中_{たなか}さんは先生_{せんせい}ですか。

れんしゅう

1. あなた_____日本人_____。　　你是日本人嗎？

2. 中村_{なかむら}さんは_____ですか。　　中村小姐是銀行行員嗎？

①いしゃ　②かいしゃいん　③ぎんこういん

3. 田中先生是上班族嗎？_____

04 はい、～です
いいえ、～では　ありません

是的，是～
不，不是～

1. A：陳_{ちん}さんは研究者_{けんきゅうしゃ}ですか。

B：はい、研究者_{けんきゅうしゃ}です。

2. A：田中_{たなか}さんは中国人_{ちゅうごくじん}ですか。

B：いいえ、中国人_{ちゅうごくじん}　では / じゃ　ありません。

れんしゅう

1. A：黄_{こう}さんは台湾人ですか。　　黃先生是台灣人嗎？

B：_____、台湾人_____。　　是的，是台灣人。

2. A：田中_{たなか}さんは先生ですか。　　田中小姐是老師嗎？

B：_____。　　不是，不是老師。

①はい、先生です　②いいえ、先生ではありません　③いいえ、先生です

3. A：你是學生嗎？_____

B：是的，是學生。_____

05　AもBです　　　　　　　　　　A 也是 B

1. A：田中さんは会社員です。

   B：林さんも会社員です。

2. A：私は台湾人です。

   B：張さんも台湾人です。

れんしゅう

1. 私＿＿＿＿医者＿＿＿＿＿。　　　　　　我是醫生。

   林さん＿＿＿＿医者＿＿＿＿＿。　　　林先生也是醫生。

2. A：私は教師です。　　　　　　　　　　我是教師。

   B：＿＿＿＿＿＿＿＿＿。　　　　　　　劉小姐也是教師。

   ① 劉さんはきょうしです　② 劉さんもきょうしです

   ③ 劉さんはきょしです

3. A：金先生是韓國人。＿＿＿＿＿＿＿＿＿＿＿＿＿＿＿＿＿

   B：那個人也是韓國人。＿＿＿＿＿＿＿＿＿＿＿＿＿＿＿＿

06　AのB　　　　　　任職、隸屬於 A（機關、團體）的 B

1. 王さんは関西大学の先生です。

2. 謝さんはユニクロの社員です。

3. 山田さんは東京病院の医者です。

れんしゅう

1. 李さん＿＿＿琉球大学＿＿＿学生です。　李先生是琉球大學的學生。

2. 蔡さんは＿＿＿＿＿＿＿＿＿＿です。　蔡小姐是中國銀行的職員。

   ①ちゅうごくぎんこうのかいしゃいん

   ②ちゅうごくぎんこうのぎんこういん

   ③ちゅうごくぎんこうのこうむいん

3. 鈴木先生是 UNIQLO 的職員。＿＿＿＿＿＿＿＿＿＿＿＿＿＿

はじめまして

（アルバイト<ruby>先<rt>さき</rt></ruby>の<ruby>店<rt>みせ</rt></ruby>で<ruby>出会<rt>であ</rt></ruby>う）

<ruby>中谷<rt>なかたに</rt></ruby>：はじめまして。<ruby>私<rt>わたし</rt></ruby>は<ruby>中谷<rt>なかたに</rt></ruby>です。

コウ：はじめまして。<ruby>私<rt>わたし</rt></ruby>はコウです。

<ruby>中谷<rt>なかたに</rt></ruby>：コウさんは<ruby>韓国人<rt>かんこくじん</rt></ruby>ですか。

コウ：いいえ、<ruby>韓国人<rt>かんこくじん</rt></ruby>ではありません。<ruby>私<rt>わたし</rt></ruby>は<ruby>台湾人<rt>たいわんじん</rt></ruby>です。

<ruby>中谷<rt>なかたに</rt></ruby>：そうですか。<ruby>私<rt>わたし</rt></ruby>はウメ<ruby>大学<rt>だいがく</rt></ruby>の<ruby>学生<rt>がくせい</rt></ruby>です。コウさんは<ruby>学生<rt>がくせい</rt></ruby>ですか。

コウ：はい、<ruby>私<rt>わたし</rt></ruby>もウメ<ruby>大学<rt>だいがく</rt></ruby>の<ruby>学生<rt>がくせい</rt></ruby>です。

<ruby>中谷<rt>なかたに</rt></ruby>：どうぞよろしくお<ruby>願<rt>ねが</rt></ruby>いします。

コウ：どうぞよろしくお<ruby>願<rt>ねが</rt></ruby>いします。

1. A:黄さんは銀行員ですか。　　　　　　　　　　黃先生是銀行行員嗎？

　　B:＿＿＿＿＿＿＿＿＿＿＿＿＿＿＿＿＿＿＿。　　是的，是銀行行員。

　　①はい、ぎんこういんです　　　　　　　②いいえ、アメリカじんではありません

　　③はい、ぎんこういんではありません

2. 陳さんは＿＿＿＿＿＿＿＿＿＿＿＿＿＿＿＿＿。　　陳小姐不是學生。

　　①がくせいではありません　　　②けんきゅうしゃではありません

　　③がくせいです

3. 李さん＿＿＿＿＿＿　琉　球　大学＿＿＿＿＿＿教師です。　　李先生是琉球大學的教師。

　　①の、は　　　②の、の　　　③は、の

4. A:私 ＿＿＿＿＿＿＿学生です。　　　　　　　　我是學生。

　　B:劉さん＿＿＿＿＿＿＿学生です。　　　　　劉小姐也是學生。

　　①は、も　　　②も、も　　　③も、は

5. A:你是日本人嗎？ ＿＿＿＿＿＿＿＿＿＿＿＿＿＿＿＿＿＿＿＿＿＿

　　B:是的，是日本人。 ＿＿＿＿＿＿＿＿＿＿＿＿＿＿＿＿＿＿＿＿＿

6. 佐佐木小姐不是台灣人。 ＿＿＿＿＿＿＿＿＿＿＿＿＿＿＿＿＿＿＿＿＿

頑張りましょう！

〈 たんご 単語 〉

單字	漢字	中譯	詞性
1. ちがいます	違います	不是	動詞 I
2. ざっし	雑誌	雜誌	名詞
3. しんぶん	新聞	報紙	名詞
4. かばん	鞄	包包、手提包	名詞
5. ペン		筆	名詞
6. ノート		筆記本	名詞
7. ほん	本	書	名詞
8. つくえ	机	桌子	名詞
9. いす	椅子	椅子	名詞
10. くるま	車	車子 (的總稱)	名詞
11. じどうしゃ	自動車	汽車	名詞
12. とけい	時計	時鐘	名詞
13. カメラ		相機	名詞
14. き	木	樹木	名詞
15. くも	雲	雲	名詞
16. えいご	英語	英文	名詞
17. にほんご	日本語	日文	名詞
18. かんこくご	韓国語	韓文	名詞
19. ちゅうごくご	中国語	中文	名詞
20. ～ご	～語	～文、～語	名詞
21. これ		這個	代名詞
22. それ		那個	代名詞
23. あれ		那個	代名詞
24. この		這個～	連體詞

	單字	漢字	中譯	詞性
25.	その		那個～	連體詞
26.	あの		那個～	連體詞
27.	なに / なん	何	什麼	

★ 会話単語

1.	としょかん	図書館	圖書館	名詞
2.	くつ	靴	鞋子	名詞
3.	そうですか。		這樣啊。	

〈 ぶんけい 文型 〉

01 これ / それ / あれは　〜です　　　　　　　這 / 那 / 那個是 〜 (物品)

1. これは机です。

2. それは本です。

3. あれは車です。

4. A：それは何ですか。

　 B：これは時計です。

5. A：あれは何ですか。

　 B：あれは椅子です。

れんしゅう

1. _____ は鞄です。　　　　　　　那個是包包。

2. A：それは何ですか。　　　　　　那個是什麼?

　 B：_____。　　　　這個是時鐘。

　 ①あれはとけいです　②これはとけいです

　 ③これはつくえです

3. 那個是什麼？_____

　 這個是雜誌。_____

02 A　の　B　　　　　　　　　　　　A(人) 的 B

1. これはわたしの本です。

2. それは先生の車ではありません。

3. あれは田中さんの鞄ですか。

1. これは私 _____ 自動車です。　　這是我的汽車。

2. あれは田中さん _____ ですか。　　那是田中先生的筆記嗎？

　　①のくるま　　②のカメラ　　③のノート

3. 那不是中野先生的報紙。_____

03　この / その / あの〜は 某人のです　　這 / 那 / 那個〜是某人的

1. このペンはわたしのペンです。

2. その自動車は陳さんのですか。

3. あのノートは田中さんのではありません。

1. _____ は王さん _____ ですか。

　　這張椅子是王先生的嗎？

2. _____ ではありません。

　　那本書不是老師的。

　　①そのほんはせんせいの

　　②そのいすはせんせいの

　　③そのペンはせんせいの

3. 那枝筆是你的。_____

04　Aは　Bですか、Cですか　　A 是 B，還是 C？

1. これは雑誌ですか、新聞ですか。

2. 林さんは中国人ですか、日本人ですか。

3. その時計は陳さんのですか、王さんのですか。

れんしゅう

1. あれは本 ＿＿＿＿＿、雑誌 ＿＿＿＿＿。　　那個是書，還是雜誌？

2. その人は ＿＿＿＿＿＿＿＿＿＿。

那個人是學生，還是研究者？

①がくせいですか、けんきゅうしゃですか

②がくせいですか、いしゃですか

③せんせいですか、けんきゅうしゃですか

3. 這台車子是高先生的，還是劉先生的？

＿＿＿＿＿＿＿＿＿＿＿＿＿＿＿＿＿＿＿＿＿

05　A　の　B　　　　　　　　　　　　　A 的 B

1. これは日本語の本です。

2. それは時計の雑誌です。

3. A：あれは何の本ですか。

　　B：あれは車の本です。

れんしゅう

1. これは韓国語 ＿＿＿＿＿ 本です。　　　　這是本韓文的書。

2. あれは ＿＿＿＿＿＿＿ です。

那是本 (介紹) UNIQLO 的雜誌。

①ユニクロのしんぶん　　②アメリカのざっし

③ユニクロのざっし

3. A：那是本什麼的書? ＿＿＿＿＿＿＿＿＿＿＿＿＿＿＿＿

　　B：那是本 (介紹) 相機的書。＿＿＿＿＿＿＿＿＿＿＿＿

会話

図書館_{としょかん}で

中谷_{なかたに}：コウさん、こんにちは。それは何_{なん}ですか。

コウ：こんにちは。これは雑誌_{ざっし}です。

中谷_{なかたに}：中国語_{ちゅうごくご}ですね。何_{なん}の雑誌_{ざっし}ですか。

コウ：これはかばんの雑誌_{ざっし}です。

中谷_{なかたに}：誰_{だれ}の雑誌_{ざっし}ですか。

コウ：これは私_{わたし}のです。

中谷_{なかたに}：その雑誌_{ざっし}は日本語_{にほんご}ですね。コウさんの雑誌_{ざっし}ですか、図書館_{としょかん}の雑誌_{ざっし}

　　ですか。

コウ： これは図書館_{としょかん}の雑誌_{ざっし}です。 靴_{くつ}の雑誌_{ざっし}ですよ。

中谷_{なかたに}：そうですか。

まとめ問題

1. その人は ＿＿＿＿＿＿＿＿＿＿＿＿＿。　　　　那個人是中國人，還是韓國人？
　　①ちゅうごくじんですか、かんこくじんですか
　　②にほんじんですか、かんこくじんですか
　　③ちゅうごくじんですか、たいわんじんですか

2. あれは星野さんの ＿＿＿＿＿＿＿＿＿。　　　　那不是星野先生的相機。
　　①トイレではありません
　　②カメラではありません
　　③カメラですか

3. これは英語 ＿＿＿＿＿ 本です。　　　　　　這是一本英文的書。

4. A:那個是什麼？＿＿＿＿＿＿＿＿＿＿＿＿＿＿＿＿＿＿＿＿＿＿＿
　　B:這個是樹木。＿＿＿＿＿＿＿＿＿＿＿＿＿＿＿＿＿＿＿＿＿＿＿

5. 那個包包是李小姐的。＿＿＿＿＿＿＿＿＿＿＿＿＿＿＿＿＿＿＿＿＿

03 だいさんか

- ここ / そこ / あそこは　〜です
- A はどこですか
- Aは　場所です
- 國家 / 公司の　物品です

頑張りましょう！

〈 たんご 単語 〉

單字	漢字	中譯	詞性
1. くに	国	國	名詞
2. うけつけ	受付	櫃台	名詞
3. じむしょ	事務所	辦公室	名詞
4. うりば	売り場	賣場	名詞
5. デパート		百貨公司	名詞
6. かいしゃ	会社	公司	名詞
7. ぎんこう	銀行	銀行	名詞
8. きょうしつ	教室	教室	名詞
9. トイレ		廁所	名詞
10. おてあらい	お手洗い	洗手間	名詞
11. でんわ	電話	電話	名詞
12. けいたい	携帯	手機	名詞
13. てちょう	手帳	記事本	名詞
14. くつ	靴	鞋子	名詞
15. ここ		這裡	代名詞
16. そこ		那裡	代名詞
17. あそこ		那裡	代名詞
18. こちら		這裡 (較禮貌)	代名詞
19. そちら		那裡 (較禮貌)	代名詞
20. あちら		那裡 (較禮貌)	代名詞
21. どれ		哪一個	
22. どの		哪個〜	連體詞
23. どこ		在哪裡	
24. どちら		在哪裡 (較禮貌)	

單字	漢字	中譯	詞性
25. なんがい	何階	哪一樓	
26. 〜かい / 〜がい	〜階	〜樓	
27. いくら		多少錢	

★ 会話単語

1. えん	円	日幣、日圓	

コーラの豆知識

京都為什麼又稱為洛呢？

　去過京都的人都知道，京都可以細分為「洛中」、「洛東」、「洛南」、「洛西」、「洛北」，例如鴨川一帶就屬於「洛東」，「洛」已經成為京都的代名詞了，只是為什麼京都又稱為「洛」呢？

　原來以前中國非常繁華，京都為了仿效中國，把平安京的東半部稱為「洛陽」，西半部稱為「長安」，最終東半部的「洛陽」繁華起來，而西半部的「長安」卻沒落了，京都就取「洛陽」的「洛」成為自己的代名詞了。

01 ここ / そこ / あそこは　〜です　　　　　這裡 / 那裡 / 那裡是 〜 (場所)

1. ここは受付です。

2. そこはトイレです。

3. あそこは病院です。

> れんしゅう
>
> 1. ＿＿＿＿＿＿＿＿＿＿ はかばん売り場です。　　那裡是包包的賣場。
>
> 2. ＿＿＿＿＿＿＿＿＿＿＿＿＿＿＿ です。　　那裡是圖書館。
>
> ①ここはとしょかん　　②そこはとしょかん
>
> ③そこはおてあらい
>
> 3. 這裡是辦公室。
>
> ＿＿＿＿＿＿＿＿＿＿＿＿＿＿＿＿＿＿＿＿

02 Aは　どこですか　　　　　　　　A 在哪裡呢？

1. A:事務所はどこですか。

　　B:あそこです。

2. A:靴の売り場はどこですか。

　　B:デパートの3階です。

れんしゅう

1. A：トイレは ＿＿＿＿＿＿ ですか。　　A：廁所在哪裡？

　 B：＿＿＿＿＿＿＿＿＿ です。　　　B：在那裡。

2. A：＿＿＿＿＿＿＿＿＿＿＿＿＿。　　A：手機的賣場在哪裡？

　 B：デパートの 2 階です。　　　　B：在百貨公司的二樓。

　 ①けいたいのうけつけはどこです

　 ②くつのうりばはどこですか

　 ③けいたいのうりばはどこですか

3. A：鈴木老師的辦公室在哪裡？＿＿＿＿＿＿＿＿＿＿＿

　 B：在五樓。＿＿＿＿＿＿＿＿＿＿＿＿＿＿＿＿＿＿＿

03　Aは　場所です　　　　　　　A 在 ～地點

1. 図書館はあそこです。

2. トイレは会社の 2 階です。

3. 王さんは教室です。

れんしゅう

1. 受付は　＿＿＿＿＿＿＿＿ です。　　　櫃台在公司的一樓。

2. ＿＿＿＿＿＿＿＿ です。　　　　　　教室在那裡。

　 ①きょうしつはここ　　　②きょうしつはあそこ

　 ③としょかんはあそこ

3. 林先生在洗手間。

　 ＿＿＿＿＿＿＿＿＿＿＿＿＿＿＿＿＿＿＿＿＿＿＿＿

04　國家 / 公司の　物品です　　　　　　某國 / 公司生產製作的〜

1. A：これはどこの電話ですか。
   B：台湾の電話です。

2. A：それはどこのかばんですか。
   B：ルイ・ヴィトンのかばんです。

れんしゅう

1. A：これは _____ カメラですか。　　A：這是哪裡生產的相機？
   B：_____ カメラです。　　　　　　B：日本製的相機。
2. A：これは _____ ですか。　　A：這是哪家公司的手機？
   B：_____ です。　　　　　　　B：HTC 的手機。
   ①どこのけいたい；HTC のけいたい
   ②どこのとけい；HTC のとけい
   ③どこのつくえ；HTC のつくえ
3. A：這是哪間工廠生產的汽車？ _____
   B：HONDA（本田）生產的汽車。 _____

☆ こ / そ / あ / ど 總整理

	指示物品用	連接名詞用	指示場所用
近距離			
中距離			
遠距離			
疑問詞			

以上請參考別冊說明

会 話

デパート

コウ：すみません。ここはデパートの受付（うけつけ）ですか。

受付（うけつけ）：はい、そうです。

コウ：靴売り場（くつうりば）はどこですか。

受付（うけつけ）：靴売り場（くつうりば）は 3 階（がい）です。

コウ：ありがとうございます。

コウ：これはイタリアのですか。

店員（てんいん）：はい、それはイタリアの靴（くつ）です。

コウ：いくらですか。

店員（てんいん）：それは 50000 円（えん）です。

コウ：これはいくらですか。

店員（てんいん）：75000 円（えん）です。

コウ：……お手洗い（てあら）はどこですか。

店員（てんいん）：お手洗い（てあら）はあちらです。

1. 田中<ruby>た<rt>た</rt></ruby><ruby>なか<rt>な か</rt></ruby>さんは _____ です。　　田中先生在辦公室的七樓。

　　①じむしょのよんかい　　　②じむしょのさんがい　　③じむしょのななかい

2. _____ は _____ ですか。　　　韓國的雜誌在哪裡？

　　①どこ；かこくのざっし　　②かんこくのざっし；どこ　　③かんこくのざし；どちら

3. A：これはどこ _____ 靴ですか。　　　這是哪裡生產的鞋子？

　　B：_____ 靴です。　　　美國製的鞋子。

4. A：_____ は _____ ですか。　　書的賣場在哪裡？

　　B：6 階です。　　　　　　　　　　　　　　　在六樓。

5. A：教室在哪裡？ _____

　　B：在那裡。 _____

6. A：那是哪裡生產的桌子？ _____

　　B：台灣製的桌子。 _____

1. ＿＿＿のことばはひらがな、かたかな、漢字でどう書きますか。

① あなたは<u>あめりか</u>人ですか。
　　1. アメリカ　2. ヤメリカ　3. アメリか　4. アメリガ

② この<u>かめら</u>はわたしのです。
　　1. ガメル　2. カメル　3. がメラ　4. カメラ

③ これは本ですか、<u>ざっし</u>ですか。
　　1. 雑誌　2. 雑志　3. 雑誌　4. 雑志

④ あそこは<u>きょうしつ</u>です。
　　1. 事務所　2. 会社　3. 教室　4. 病院

⑤ あれは誰の<u>くるま</u>ですか。
　　1. 自動車　2. 汽車　3. 電車　4. 車

⑥ 田中さんは東京<u>大学</u>の学生です。
　　1. だがいく　2. たいがく　3. だいがく　4. たかいく

⑦ これは<u>机</u>です。
　　1. つかえ　2. いす　3. いず　4. つくえ

⑧ <u>お手洗い</u>はあそこです。
　　1. おであらい　2. あてあらい　3. おてあらい　4. あであらい

⑨ <u>事務所</u>はどこですか。
　　1. しょむじ　2. じょむじ　3. じむしょう　4. じむしょ

⑩これは<u>韓国語</u>の本です。

　1. かんごくご　2. かんこくご　3. かんこくこ　4. かんごくこ

2.(　　　)の中から正しいものを選んでください。

① A:あの方は (どなた、誰、どこ) ですか。

　B: 田中さんです。

② A:それは (どこ、誰、何) の雑誌ですか。

　B: 車の雑誌です。

③ A:トイレは (どこ、誰、何) ですか。

　B: あそこです。

④ A:カメラ売り場は (何、いくら、何階) ですか。

　B:7 階です。

3. 絵を見て例のように(　　)に単語を書いてください。

例

私:(　これ　)は(　本　)です。

①

私:(　　　　)は(　　　　)です。

② 私：（　　　　）は（　　　　）です。

③ 私：（　　　　）は（　　　　）です。

④ 私：（　　　　）は（　　　　）です。

⑤ 私：（　　　　）は（　　　　）です。

4.（　　）の中から正しいものを選んでください。

① A：あなたは林さんですか。

　B：はい、(林、林さん) です。

② A：王さんは医者ですか

　B：いいえ、医者 (です、ではありません)。研究者です。

③ 田中さんは日本人です。中谷さん (は、も) 日本人です。

④ 田中さんは東京大学 (も、の) 学生です。

⑤ A：これは何ですか。

B：(新聞です、新聞ではありません)。

⑥ A：これは何の本ですか。

B：(日本語、私) の本です。

⑦ (この、これ) ペンは私のです。

⑧ A：お国はどちらですか。
B：(大阪、日本) です。
^{おおさか}

⑨ A：あそこはトイレですか。

B：はい、(そう、あれ)です。

⑩ A：これはいくらですか。
B：(5000 円、2) です。
^{えん}

5. 音声を聞いて ＿＿＿＿ に書いてください。

① ＿＿＿＿＿＿＿＿＿＿＿＿＿＿＿＿＿＿＿＿＿＿＿＿＿＿＿＿＿＿。

② ＿＿＿＿＿＿＿＿＿＿＿＿＿＿＿＿＿＿＿＿＿＿＿＿＿＿＿＿＿＿。

③ ＿＿＿＿＿＿＿＿＿＿＿＿＿＿＿＿＿＿＿＿＿＿＿＿＿＿＿＿＿＿。

★ 複習解答請參照 P.168。

04 だいよんか

- 今～時～分です
- 今日は～曜日です
- 時間にVVます
- 時間から時間までVVます

頑張りましょう！

〈 たんご 単語 〉

單字	漢字	中譯	詞性
1. はたらきます	働きます	工作	動詞 I
2. やすみます	休みます	休息	動詞 I
3. はじまります	始まります	開始	動詞 I
4. おわります	終わります	結束	動詞 I
5. おきます	起きます	起床、發生	動詞 II
6. ねます	寝ます	睡覺	動詞 II
7. しごとします	仕事します	工作	動詞 III*
8. べんきょうします	勉強します	學習	動詞 III*
9. おととい	一昨日	前天	名詞
10. きのう	昨日	昨天	名詞
11. きょう	今日	今天	名詞
12. あした	明日	明天	名詞
13. あさって	明後日	後天	名詞
14. あさ	朝	早上	名詞
15. ひる	昼	中午	名詞
16. ばん / よる	晩 / 夜	晩上	名詞
17. けさ	今朝	今天早上	名詞
18. こんばん	今晩	今天晩上	名詞
19. まいあさ	毎朝	毎天早上	名詞
20. まいばん	毎晩	毎天晩上	名詞
21. まいにち	毎日	毎天	名詞
22. ごご	午後	下午	名詞
23. ごぜん	午前	上午	名詞
24. いま	今	現在	名詞

單字	漢字	中譯	詞性
25. 〜から		從〜	助詞
26. 〜まで		到〜	助詞
27. と		和	助詞
28. なんようび	何曜日	星期幾	
29. なんじ	何時	幾點	
30. なんぷん	何分	幾分	

* 表示可以變成名詞或動詞 III

〈 ぶんけい 文型 〉

01　今　〜時　〜分です　　　　　　　　　　　　　　現在〜點〜分

1. 今 3 時です。

2. 今 11 時 25 分です。

3. A:今何時ですか。

　　B:今午後 6 時 30 分です。

　　日本は今午前 4 時 37 分です。

> れんしゅう
>
> 1. 今 ＿＿＿＿＿＿＿＿ です。　　　現在是2點。
>
> 2. 今 ＿＿＿＿＿ です。　　　現在是 4 點 3 分。
>
> ①よじさんぷん　②よじさんふん　③よんじさんぶん
>
> 3. A:現在幾點? ＿＿＿＿＿＿＿＿＿＿＿＿＿＿
>
> 　　B:現在是下午 5 點 45 分。 ＿＿＿＿＿＿＿＿＿＿＿

02　今日は　〜曜日です　　　　　　　　　　　　　　今天是星期〜

1. 今日は土曜日です。

2. 昨日は金曜日です。

3. A:明日は何曜日ですか。

　　B:明日は日曜日です。

> れんしゅう
>
> 1. 明後日は ＿＿＿＿＿ です。　　　後天是星期二。
>
> 2. ＿＿＿＿＿＿＿＿ です。　　　明天是星期三。
>
> ①あしたはすいようび　　②きのうはすいようび
>
> ③おとといはきんようび
>
> 3. A:明天是星期幾? ＿＿＿＿＿＿＿＿＿＿＿＿＿
>
> 　　B:明天是星期一。 ＿＿＿＿＿＿＿＿＿＿＿＿

03 時間に Vます

在某時間做～

1. 銀行は 9 時に始まります。

2. 陳さんは今朝 8 時に起きました。

3. 田中さんは土曜日と日曜日 (に) 休みません。

4. 王さんは昨日働きませんでした。

れんしゅう

1. 図書館は _____ 始まります。

圖書館是 8 點開始 (開放)。

2. 林さんは _____。

林先生每天晚上 9 點睡覺。

①まいばんくじにねます

②まいあさきゅうじにねます

③まいばんくうじねます

3. 伊藤先生星期三和星期四都沒有休息。

_____

☆ 動詞的時態表現

現在未來肯定	現在未來否定	過去肯定	過去否定
～ます	～ません	～ました	～ませんでした
働きます			
		休みました	
			起きませんでした
	寝ません		
		仕事しました	

以上請參考別冊說明

04 時間から　時間まで　Ｖます　　　　　　従 Ａ 時間 到 Ｂ 時間 都在〜

1. 私は9時から5時まで働きます。

2. 王さんは午前8時半から午後4時まで勉強します。

3. 田中さんは火曜日から木曜日まで休みました。

1. 田中さんは _____ 仕事します。

   田中先生從早上9點工作到晚上9點。

2. 小林さんは _____ 勉強します。

   小林先生每天從早上10點學習到下午5點。

   ①まいにちごぜんごじからごごじゅうじまで

   ②まいにちごぜんじゅうじからごごごじまで

   ③まいにちごごごじからごぜんじゅうじまで

3. 山田先生從星期一休到星期四。

   _____

働きます
はたら

コウ：中谷さん、こんにちは。
なかたに

中谷：コウさん、こんにちは。
なかたに

コウ：今日働きますか。
きょうはたら

中谷：はい。コウさんも今日働きますか。
なかたに　　　　　　　　　　　　きょうはたら

コウ：いいえ。昨日働きました。
きのうはたら

中谷：そうですか。
なかたに

コウ：今日は何時から何時まで働きますか。
きょう　なんじ　　　なんじ　　はたら

中谷：午後5時から10時までです。毎週、火曜日と木曜日に働きます。
なかたに　ごご　じ　　　じ　　　　　　　　まいしゅう　かようび　もくようび　はたら

　　　あ、今何時ですか。
いまなんじ

コウ：3時40分です。でも今日は水曜日ですよ。
じ　ぷん　　　　　きょう　すいようび

中谷：あっ。
なかたに

まとめ問題

1. A：明後日は _____ ですか。　　　　　　　　後天是星期幾？

　　B：明後日は _____ です。　　　　　　　　後天是星期五。

　　①なんようび；きんようび　②なんようび；どようび　③すいようび；きんようび

2. 王_{おう}さんは毎日午前 10 時 _____ 午後 5 時 _____ 働きます。

　　王小姐每天從早上 10 點工作到下午 5 點。

　　①から；の　②から；まで　③の；まで

3. 黄_{こう}さんは _____ 起きます。　　　　　　黄先生下午 1 點起床。

4. _____ から _____ まで寝 _____。

　　前天從早上 9 點睡到下午 3 點。

5. A：現在幾點？ _____

　　B：現在是早上 4 點 57 分。 _____

6. 這家百貨公司將在星期五結束營業。 _____

第五課

05 だいごか

- A は場所へ行きます / 来ます / 帰ります
- A は交通工具で　行きます / 来ます / 帰ります
- A は 某人と 行きます / 来ます / 帰ります
- いつ 場所へ 行きます / 来ます / 帰りますか

頑張りましょう！

〈 たんご 単語 〉

單字	漢字	中譯	詞性
1. いきます	行きます	去	動詞Ⅰ
2. きます	来ます	來	動詞Ⅲ
3. かえります	帰ります	回去	動詞Ⅰ
4. あるきます	歩きます	走路	動詞Ⅰ
5. せんしゅう	先週	上週	名詞
6. こんしゅう	今週	這週	名詞
7. らいしゅう	来週	下週	名詞
8. まいしゅう	毎週	每週	名詞
9. せんげつ	先月	上個月	名詞
10. こんげつ	今月	這個月	名詞
11. らいげつ	来月	下個月	名詞
12. まいつき	毎月	每個月	名詞
13. きょねん	去年	去年	名詞
14. ことし	今年	今年	名詞
15. らいねん	来年	明年	名詞
16. まいとし／まいねん	毎年	每年	名詞
17. ひこうき	飛行機	飛機	名詞
18. ふね	船	船	名詞
19. でんしゃ	電車	火車、電車	名詞
20. ちかてつ	地下鉄	地鐵	名詞
21. しんかんせん	新幹線	高鐵	名詞
22. バス		公車、巴士	名詞
23. タクシー		計程車	名詞
24. バイク		機車	名詞

單字	漢字	中譯	詞性
25. じてんしゃ	自転車	腳踏車	名詞
26. がっこう	学校	學校	名詞
27. いえ	家	房子	名詞
28. うち	家	家	名詞
29. えき	駅	車站	名詞
30. スーパー		超市	名詞
31. よいち	夜市	夜市	名詞
32. かれ	彼	他、男朋友	名詞
33. かのじょ	彼女	她、女朋友	名詞
34. ともだち	友達	朋友	名詞
35. かぞく	家族	家人	名詞
36. たんじょうび	誕生日	生日	名詞
37. なんがつ	何月	幾月	
38. なんにち	何日	幾號、幾天	
39. いつ		什麼時候	名詞

〈 ぶんけい 文型 〉

01 Aは　場所へ（に）　行きます / 来ます / 帰ります　　　　A 去 / 來 / 回 某場所

1. 王さんは会社へ行きます。

2. 陳さんは学校へ来ました。

3. 私は明日家へ帰ります。

4. A：昨日どこへ行きましたか。

　　B：駅と銀行へ行きました。

　　どこ（へ）も行きませんでした。

> **れんしゅう**
>
> 1. 李さんは駅 _____。　　　李先生去車站。
>
> 2. 私は明後日 _____。　　　我後天會回家。
>
> 　①いえにかえります　②よいちにかえります　③よいちにいきます
>
> 3. A：前天去哪裡了呢? _____
>
> 　B：去了夜市。 _____

02 Aは　交通工具で　行きます / 来ます / 帰ります

　　　　　　　　　　　　　　　　　　　A 搭乘交通工作　去 / 來 / 回 某場所

1. 私はバスで学校へ行きます。

2. 田中さんは飛行機で台湾へ来ました。

3. 王さんは電車で台中へ帰ります。

4. 陳さんは歩いて駅へ行きます。

れんしゅう

1. 私は _____ 台北 _____。　我搭地鐵去台北。

2. 呉さんは_____。　　呉小姐搭船來這裡。

①ひこうきでここへきました　　②ふねでここへいきました

③ふねでここへきました

3. 他昨天搭巴士去了台中。_____

03　Aは　某人と　行きます / 来ます / 帰ります　　A 跟～人 去 / 來 / 回某場所

1. 私は彼女とスーパーへ行きます。

2. 李さんは友達とデパートへ行きました。

3. 陳さんは家族とタクシーで夜市へ来ました。

れんしゅう

1. 私は彼女 ____ 学校 _____。我和女朋友去學校。

2. 佐々木さんは家族と _____。

佐佐木小姐和家人搭計程車來超市。

①タクシーでスーパーへきました

②タクシーでスーパーへいきました

③バイクでスーパーへきました

3. 他和朋友騎機車回家。_____

04 いつ 場所へ (に) 行きます / 来ます / 帰りますか

什麼時候 去 / 來 / 回 某場所呢？

1. A：いつ台北へ行きますか。

   B：9 月 14 日に行きます。

   来週の土曜日 (に) 行きます。

2. A：いつ台湾へ来ましたか。

   B：去年台湾へ来ました。

3. A：いつ誰とどこへ行きますか。

   B：来週の日曜日 (に) 彼女と台北へ行きます。

れんしゅう

1. A：_____ 大阪 ____ 行きます ____。 A：什麼時候去大阪呢？

   B：来月 _____ 行きます。 B：下個月去。

2. A：_____ 台南へ来ましたか。 A：什麼時候來台南的呢？

   B：先週の _____ _____。 B：上星期六來的。

   ①いつ；どようびに；きました

   ②なんにち；どようび；いきました

   ③いつ；どようび；きます

3. A：什麼時候和男朋友去韓國呢？

   _____

   B：明年三月跟男朋友去韓國。

   _____

会 話

自転車で行きます

（中谷さんとコウさんは大阪に住んでいます。）

中谷：日曜日、どこへ行きましたか。

コウ：京都へ行きました。

中谷：誰と行きましたか。

コウ：友達と行きました。

中谷：そうですか。電車で行きましたか。

コウ：はい、電車と地下鉄で行きました。

中谷：去年、私は友達と自転車で行きました。

コウ：自転車で！？

中谷：私の友達は自転車で東京へ行きましたよ。

コウ：東京へ！？

中谷：はい。私はバスで東京へ行きましたよ。

コウ：ははは。私は新幹線で行きます……。

大阪→東京

まとめ問題

1. 彼は ＿＿＿＿＿＿＿＿＿＿＿＿＿＿＿＿＿＿＿。　　　　他搭今晚的飛機去東京。

　　①こんばんのバスでとうきょうへきます

　　②こんばんのひこうきでとうきょうへいきます

　　③こんばんのしんかんせんでとうきょうへいきます

2. 昨日私は ＿＿＿＿＿＿＿＿＿＿ 帰りました。　　　　我昨天搭飛機回韓國。

　　①ひこうきでかこくに　②ひこきへかんこくで　③ひこうきでかんこくへ

3. 花子ちゃんは ＿＿＿＿＿＿ 自動車 ＿＿＿＿ 家 ＿＿＿＿ 帰りました。

　　花子和男朋友開車回家。

4. 加藤さんは先月 ＿＿＿＿ 地下鉄 ＿＿＿＿ 夜市 ＿＿＿＿ 行きました。

　　加藤先生上個月搭地鐵去夜市。

5. A:昨天去哪裡了呢?　＿＿＿＿＿＿＿＿＿＿＿＿＿＿＿＿＿＿＿＿＿＿＿＿＿

　　B:和朋友一起去了包包的賣場。＿＿＿＿＿＿＿＿＿＿＿＿＿＿＿＿＿＿＿＿

6. A:什麼時候跟王先生去南投？＿＿＿＿＿＿＿＿＿＿＿＿＿＿＿＿＿＿＿＿＿＿

　　B:下星期五去。＿＿＿＿＿＿＿＿＿＿＿＿＿＿＿＿＿＿＿＿＿＿＿＿＿＿

1. ＿＿＿＿のことばはひらがな、かたかな、漢字でどう書きますか。

① 私はバイクで会社へ行きます。

　　1. ばいぐ　　2. はいく　　3. ばいく　　4. はいぐ

② 今ごご7時です。

　　1. 午後　　2. 午前　　3. 上午　　4. 下午

③ らいしゅうの土曜日に台北へ行きます。

　　1. 先週　　2. 今週　　3. 来週　　4. 再来週

④ きのうどこへ行きましたか。

　　1. 昨日　　2. 今日　　3. 明日　　4. 明後日

⑤ 私はかぞくとデパートへ行きました。

　　1. 彼　　2. 彼女　　3. 友達　　4. 家族

⑥ 今日は月曜日です。

　　1. にちようび　　2. どようび　　3. かようび　　4. げつようび

⑦ 昨日働きましたか。

　　1. はたらきました　　2. はだらきました　　3. やすみました　　4. やずみました

⑧ 今朝何時に起きましたか。

　　1. きょうさ　　2. きょうあさ　　3. けさ　　4. けあさ

⑨ 田中さんは毎日7時に起きます。

　　1. まいあさ　　2. まいにち　　3. まいばん　　4. まいつき

⑩ 私は<u>新幹線</u>で台北へ行きました。

1. しんかんせい　2. しんがんせん　3. しんかんせん　4. しんがんせい

2.(　　)の中から正しいものを選んでください。

① A：今 (何、何時、何曜日) ですか。

B：6 時半です。

② A：明日は (何、何時、何曜日) ですか。

B：日曜日です。

③ A：(いつ、何で、誰と) 日本へ行きますか。

B：来月行きます。

④ A：(いつ、何で、誰と) 日本へ来ましたか。

B：飛行機で来ました。

3. 次の時刻の読み方をひらがなで書いてください。

例　①　②　③　④

Q：今何時ですか。　例：3時（さんじ）です

① ＿＿＿＿＿＿＿＿＿＿＿＿ です。　　② ＿＿＿＿＿＿＿＿＿＿＿＿ です。

③ ＿＿＿＿＿＿＿＿＿＿＿＿ です。　　④ ＿＿＿＿＿＿＿＿＿＿＿＿ です。

4. 次の日付の読み方をひらがなで書いてください。

12		2018／平成30年
日 月 火 水 木 金 土		

1		2019／平成31年
日 月 火 水 木 金 土		
①

4		2019／平成31年
日 月 火 水 木 金 土		
②

9		2019／令和元年
日 月 火 水 木 金 土		
③

例

Q：誕生日はいつですか。

例： １２月３１日です。

① ＿＿＿＿＿＿＿＿＿＿＿＿＿＿。

② ＿＿＿＿＿＿＿＿＿＿＿＿＿＿。

③ ＿＿＿＿＿＿＿＿＿＿＿＿＿＿。

5.（　　　）の中から正しいものを選んでください。

① 毎日バス (で、に) 会社 (で、へ) 行きます。

② 昨日 10 時 (で、に) 寝ました。

③ 今年 (の、に) ８月 (の、に) 日本から来ました。

④ 明日は日曜日です。わたしは (働きました、働きません)。

⑤ A：明日どこへ行きますか。

　　B：どこ (は、も) 行きません。

6. 下の表に動詞を書いてください。

〜ます	〜ません	〜ました	〜ませんでした
行きます			
	終わりません		
		来ました	
			勉強しませんでした

7. 音声を聞いて ＿＿＿ に書いてください。

① ＿＿＿＿＿＿＿＿＿＿＿＿＿＿＿＿＿＿＿＿＿＿＿＿＿＿＿＿＿＿＿＿。

② ＿＿＿＿＿＿＿＿＿＿＿＿＿＿＿＿＿＿＿＿＿＿＿＿＿＿＿＿＿＿＿＿。

③ ＿＿＿＿＿＿＿＿＿＿＿＿＿＿＿＿＿＿＿＿＿＿＿＿＿＿＿＿＿＿＿＿。

★ 複習解答請參照 P.168。

第六課

06 だいろっか

- ～を V ます
- 地點で　V ます
- いっしょに　V ませんか
- V ましょう

頑張りましょう！

〈 たんご 単語 〉

	單字	漢字	中譯	詞性
1.	すいます	吸います	吸、抽	動詞 I
2.	ききます	聞きます	聽、問	動詞 I
3.	よみます	読みます	讀	動詞 I
4.	みます	見ます	看	動詞 II
5.	かきます	書きます	寫	動詞 I
6.	とります	撮ります	拍	動詞 I
7.	かいます	買います	買	動詞 I
8.	あります		有	動詞 I
9.	あいます	会います	見面	動詞 I
10.	たべます	食べます	吃	動詞 II
11.	のみます	飲みます	喝	動詞 I
12.	そうじします	掃除します	打掃	動詞 III*
13.	します		做	動詞 III
14.	ゆうべ		昨晚	名詞
15.	おとうさん	お父さん	父親	名詞
16.	おかあさん	お母さん	母親	名詞
17.	おさけ	お酒	酒	名詞
18.	おちゃ	お茶	茶	名詞
19.	コーヒー		咖啡	名詞
20.	ジュース		果汁	名詞
21.	ビール		啤酒	名詞
22.	たまご	卵	蛋	名詞
23.	にく	肉	肉	名詞
24.	やさい	野菜	蔬菜	名詞

單字	漢字	中譯	詞性
25. ごはん	ご飯	飯	名詞
26. あさごはん	朝ご飯	早餐	名詞
27. ひるごはん	昼ご飯	午餐	名詞
28. ばんごはん	晩ご飯	晚餐	名詞
29. たばこ		菸	名詞
30. えいが	映画	電影	名詞
31. テレビ		電視	名詞
32. おんがく	音楽	音樂	名詞
33. レポート		報告	名詞
34. しゃしん	写真	照片	名詞
35. しゅくだい	宿題	作業	名詞
36. おかね	お金	錢	名詞
37. ぞうきん	雑巾	抹布	名詞
38. ゆか	床	地板	名詞
39. こうえん	公園	公園	名詞
40. ちょっと		稍微	副詞
41. いっしょに	一緒に	一起	
42. いいですね		好主意;我贊成	

★ 会話単語

1. わかります	分かります	知道	動詞 I

* 表示可以變成名詞或動詞 III

01　〜を　Vます　　　　　　　　　　　　　　做〜

1. 私は映画を見ます。

2. 陳さんは仕事をしません。

3. 李さんは今朝たばこを吸いました。

4. 私は昨日たまごとお肉を食べませんでした。

5. A：昨日何を食べましたか。

　　B：何も食べませんでした。

6. A：日曜日 (に) 何をしますか。

　　B：台中へ行きます。

> **れんしゅう**
> 1. 私は本 _____ 読みます。　　　　　　　我讀書。
> 2. 伊藤さんは昨日 _____。
> 　伊藤先生昨天拍了照片。
> 　①しゃしんをとりました　　②えいがをとりました
> 　③しゃしんをかいました
> 3. A：上星期三做了什麼? _____
> 　B：買了手機。 _____

02　地點で　Vます　　　　　　　　　　　　在某地點做〜

1. 私はスーパーで野菜を買います。

2. 李さんはあの店でコーヒーを飲みません。

3. 謝さんは昨日公園で写真を撮りました。

4. 田中さんはゆうべ家でテレビを見ませんでした。

5. A:どこでジュースを買いますか。

    B:スーパーでジュースを買います。

れんしゅう

  1. 王さんは図書館 ＿＿＿＿ 本を読みます。

    王小姐在圖書館讀書。

  2. あの人は先週公園 ＿＿＿＿＿＿＿＿＿＿＿＿。

    那個人上個星期在公園喝酒。

    ①でおさけをのみました　②でおちゃをのみました

    ③がおさけをのみました

  3. A:在哪裡看了電影呢?　＿＿＿＿＿＿＿＿＿＿＿＿＿＿＿

    B:在百貨公司看了電影。＿＿＿＿＿＿＿＿＿＿＿＿＿＿＿

03　いっしょに　Vませんか　　　　　　　　　　要不要一起～

1. いっしょに晩ご飯を食べませんか。

2. いっしょに日本へ行きませんか。

3. A:いっしょにビールを飲みませんか。

  B:ええ、いいですね。/ いいえ、大丈夫です。

れんしゅう

  1. ＿＿＿＿＿＿＿ 部屋を掃除し ＿＿＿＿＿＿＿。

    要不要一起打掃房間？

  2. いっしょに ＿＿＿＿＿＿＿＿＿＿＿＿。　　要不要一起看電視呢？

    ①テレビをかいませんか　②テレビをみませんか

    ③えいがをみませんか

  3. A:要不要一起抽根菸?＿＿＿＿＿＿＿＿＿＿＿＿＿＿＿

    B:沒關係，不用了。＿＿＿＿＿＿＿＿＿＿＿＿＿＿＿

04 V ましょう   做～吧！

1. 食べましょう。

2. 飲みましょう。

3. ちょっと休みましょう。

4. 野菜ジュースを飲みましょう。

5. A：いっしょにビールを飲みませんか。

   B：ええ、いいですね。飲みましょう。

れんしゅう

1. ＿＿＿＿＿＿＿＿＿＿＿＿＿＿＿。   在車站見面吧！
2. ＿＿＿＿＿＿＿＿＿＿＿＿＿＿＿。   聽音樂吧！
   ①ざっしをよみましょう　②しゃしんをとりましょう
   ③おんがくをききましょう
3. A：要不要一起寫作業呢？＿＿＿＿＿＿＿＿＿＿＿＿＿＿＿＿
   B：好啊！沒問題！一起寫吧！＿＿＿＿＿＿＿＿＿＿＿＿＿＿

☆ ～ませんか 跟 ～ましょう 的比較

以上請參考別冊說明

74

映画を見ましょう

中谷：コウさん、明日は土曜日ですね。

コウ：そうですね。

中谷：何をしますか。

コウ：何もしません。あっ、家を掃除します。

中谷：明日、岩崎さんと映画を見ます。

　　　コウさんもいっしょに行きませんか。

コウ：いいですね。

中谷：それから岩崎さんの家で晩ご飯を食べましょう。

コウ：ええ。映画は何時からですか。

中谷：3時半からです。2時に駅で会いましょう。

コウ：わかりました。

まとめ問題

1. 李さんは昨日ここ _____。　　　　　李先生昨天在這裡吃了蔬菜。
   ①でやさいをたべました　②でたまごをたべました
   ③でやさいをのみました

2. 先月 _____ 台北 _____ 彼女 _____ 写真を _____。
   上個月在台北和女朋友拍了照片。
   ①に;で;と;とります　②×;へ;と;とりました　③×;で;と;とりました

3. 来月 _____ 映画を _____。　　　　下個月要不要一起看電影?

4. A:要不要一起吃晚餐呢?　_____
   B:好啊!沒問題!一起吃吧!　_____

5. A:要不要一起喝咖啡?　_____
   B:沒關係,不用了。　_____

6. A:在哪裡喝了啤酒呢?　_____
   B:在夜市喝了。　_____

07 だいななか

- 工具 / 方法で　V ます
- 「句子 / 單字」は　A 語で「B」です
- A は　B に　〜を　V ます
- もう　〜を　V ましたか

頑張りましょう！

〈 たんご 単語 〉

單字	漢字	中譯	詞性
1. あげます		給	動詞 II
2. もらいます		得到	動詞 I
3. おしえます	教えます	教、告訴	動詞 II
4. ならいます	習います	學習	動詞 I
5. きります	切ります	剪、切	動詞 I
6. おくります	送ります	送	動詞 I
7. かします	貸します	借出	動詞 I
8. かります	借ります	借入	動詞 II
9. かけます		打(電話)	動詞 II
10. うちのちち	うちの父	我的父親	名詞
11. うちのはは	うちの母	我的母親	名詞
12. こども	子ども	小孩	名詞
13. ひと	人	人	名詞
14. パソコン		電腦	名詞
15. けしゴム	消しゴム	橡皮擦	名詞
16. はさみ		剪刀	名詞
17. ファックス		傳真機	名詞
18. りょうり	料理	料理	名詞
19. チョコレート		巧克力	名詞
20. りんご		蘋果	名詞
21. みかん		橘子	名詞
22. カード		卡片	名詞
23. かみ	紙	紙	名詞
24. はな	花	花	名詞

單字	漢字	中譯	詞性
25. はし	箸	筷子	名詞
26. おいしい		好吃的；好喝的	い形容詞
27. これから		從現在開始	副詞
28. もう～ました		已經～了	
29. まだです		還沒	
30. ありがとう		謝謝	
31. さようなら		再見	

★ 会話単語

1. それから		然後	連接詞

07

01 　工具 / 方法で　 Vます　　　　　　　　　用工具 / 方法〜

1. 台湾人ははしでご飯を食べます。

2. 王さんはパソコンでレポートを書きます。

3. 父ははさみで紙を切ります。

> れんしゅう
>
> 1. 彼女はペン _____ カードを書きます。　　　　她用筆寫卡片。
> 2. 川田さんは昨日 _____。
>
>   川田小姐昨天用這本書學了韓文。
>
>   ①これほんでかんこくごをべんきょうしました
>
>   ②このほんにかんこくごをべんきょうします
>
>   ③このほんでかんこくごをべんきょうしました
>
> 3. 我的媽媽用手機打電話。
>
>   _____

02 　「句子 / 單字」は　 A 語で「B」です　　　　「〜」在 A 語言 是「B」的意思

1.「ありがとう」は中国語で「謝謝」です。

2.「さようなら」は英語で「bye bye」です。

3. A:「好吃」は日本語で何ですか。

　 B:「おいしい」です。

1.「すみません」は英語 _____「sorry」です。

「すみません」在英文是「sorry」的意思。

2.「はじめまして」は _____「初次見面」です。

「はじめまして」在中文是「初次見面」的意思。

①かんこくごで　②ちゅうごくごで　③ちゅうごくごを

3. A:「好漂亮」在日語是什麼意思?　_____

B:意思是「きれい」。_____

03　Aは　Bに　〜を　Vます

A 對 / 給 B 做〜

1. 先生は学生に日本語を教えます。

2. 陳さんは山田さんに日本語を習います。

3. 私は友達にお金を貸しました。

4. 友達は私に (から) お金を借りました。

5. 張さんは子どもにチョコレートをあげました。

6. 私は友達に (から) 写真をもらいました。

1. 私は彼 ____ チョコレートをあげます。

我送巧克力給男朋友。

2. 薫さんは会社の人 _____。

薫先生從公司同事那邊收到橡皮擦。

①に消しゴムをもらいました

②に消しゴムをならいました

③に消しゴムをおしえました

3. 我借 (出) 剪刀給朋友。_____

04　もう　〜を　Vましたか　　　　　　　　已經〜了嗎？

1. A：もうご飯を食べましたか。

   B：はい、もう食べました。

   　　いいえ、まだです。これから食べます。

2. A：もうレポートを書きましたか。

   B：はい、もう書きました。

   　　いいえ、まだです。これから書きます。

3. A：もう陳さんに電話をかけましたか。

   B：はい、もうかけました。

   　　いいえ、まだです。これからかけます。

れんしゅう

1. A：_____ お茶を飲み _____。　　A：已經喝茶了嗎？
   B：はい、_____ 飲み _____。　　B：是的，已經喝了。
   　　いいえ、まだです。これから飲みます。　　不，還沒。正準備去喝。

2. A：もうアイポッドを買いましたか。　　A：已經買 iPod 了嗎？
   B：_____。　　B：是的，已經買了。
   　　_____。　　不，還沒。正準備去買。
   ①はい、もうかいました；いいえ、まだです。これからかいます
   ②はい、もうかきました；いいえ、まだです。これからかきます
   ③はい、もうかりました；いいえ、まだです。これからかります

3. A：已經打掃家裡了嗎？ _____
   B：是的，已經打掃了。 _____
   　　不，還沒。正準備去掃。 _____

会　話

教えますよ

中谷：コウさん、これ、おいしいですね。

　　　「おいしい」は中国語で何ですか。

コウ：「好吃」です。

中谷：好吃！

コウ：母に料理を習いました。それから、本で勉強しました。

中谷：そうですか。

コウ：中谷さんにこの本をあげますよ。

中谷：えっ、もうこの本を読みましたか。

コウ：はい、読みました。

中谷：でも、この本は中国語ですね。

コウ：教えますよ。

1. _____ 日本語 ____ 王^{おう}さん ____ 手紙を _____ か。
要不要一起用日文寫信給王小姐？
　　①いっしょに;を;に;書きます　　②いっしょに;で;に;書きません
　　③ X;で;へ;書きます

2. 私は雑巾 ____ 床を掃除します。　　　　　　　　　　我用抹布打掃地板。
　　①で　②も　③に

3. 私は _____ を送ります。　　　　我送小孩美國的雜誌。

4.「蘋果」は _____「りんご」です。　　　「蘋果」在日文是「りんご」的意思。

5. 他向原田老師學日文。_____

6. A:已經剪好紙張了嗎? _____
　　B:是的，已經剪了。_____
　　　不，還沒。正準備要剪。_____

84

1. ＿＿＿のことばはひらがな、かたかな、漢字でどう書きますか。

① 私は<u>てれび</u>を見ます。

　　1. テレボ　2. テレビ　3. テルボ　4. テルビ

② 王さんは<u>ぱそこん</u>でレポートを書きます。
　　1. パソコン　2. パンコソ　3. パソコソ　4. パンコン

③ 昨日<u>えいが</u>を見ました。
　　1. 音楽　2. 写真　3. 映画　4. 宿題

④ 私はスーパーで<u>おにく</u>を買いました。
　　1. お茶　2. お肉　3. お金　4. お酒

⑤ 私は田中さんに<u>しゃしん</u>をもらいました。
　　1. 写真　2. 料理　3. 宿題　4. 雑巾

⑥ 今朝友達に<u>会いました</u>。
　　1. かいました　2. あいました　3. すいました　4. ならいました

⑦ はさみで<u>紙</u>を切ります。
　　1. かみ　2. がみ　3. かむ　4. がむ

⑧ <u>公園</u>で本を読みます。
　　1. こうえん　2. ぎんこう　3. うけつけ　4. かいしゃ

⑨ 私は子どもに<u>野菜</u>をあげました。
　　1. やっさい　2. やさい　3. やいさ　4. やいさい

⑩ いっしょに<u>お茶</u>を飲みませんか。

1. おさけ　2. おうち　3. おはな　4. おちゃ

2. 絵を見て＿＿＿＿に文を書いてください

Q：今朝何をしましたか。

| ① | ② | ③ | ④ |

A：① ＿＿＿＿＿＿＿＿＿＿＿＿＿＿＿＿＿。　　③ ＿＿＿＿＿＿＿＿＿＿＿＿＿＿＿＿＿。

　　② ＿＿＿＿＿＿＿＿＿＿＿＿＿＿＿＿＿。　　④ ＿＿＿＿＿＿＿＿＿＿＿＿＿＿＿＿＿。

3.（　　　）の中から正しいものを選んでください。

① A：今朝何を食べましたか。

　　B：何 (を、も) 食べません (です、でした)。

② どこ (は、で) 雑誌を買いましたか。

③ A：土曜日に何 (へ、を) しますか。

　　B：東京へ行きます。

④ いっしょに台北へ (行きましょう、行きません) か。

⑤ 私は彼 (に、で) 傘を貸しました。

⑥ 私は日本語 (に、で) レポートを書きます。

⑦ 私は友達 (に、から) チョコレートをあげました。

⑧ もう晩ご飯を (食べます、食べました) か。

⑨ 李さんはジュースを (飲みました、食べました)。

⑩ A：もう宿題をしましたか。
　 B：いいえ、(しました、まだです)。

4. 音声を聞いて _____ に書いてください。

① _____。

② _____。

③ _____。

★ 複習解答請参照 P.169。

頑張りましょう！

第八課

08 だいはちか

- ▪ A　はい / な　形容詞です
- ▪ い・な形容詞 名詞
- ▪ とても〜 (肯定)/あまり〜 (否定)
- ▪ 〜。そして〜
- ▪ 〜が、〜
- ▪ どう / どんな〜ですか

〈 たんご 単語 〉

單字	漢字	中譯	詞性
1. あめ	雨	雨	名詞
2. せいかつ	生活	生活	名詞
3. ケーキ		蛋糕	名詞
4. レストラン		餐廳	名詞
5. まち	町	城市	名詞
6. うみ	海	海	名詞
7. やま	山	山	名詞
8. かわ	川	河川	名詞
9. ふじさん	富士山	富士山	名詞
10. おおきい	大きい	大的	い形容詞
11. ちいさい	小さい	小的	い形容詞
12. おもしろい	面白い	有趣的	い形容詞
13. たのしい	楽しい	快樂的、開心的	い形容詞
14. ふるい	古い	古老的、舊的	い形容詞
15. あたらしい	新しい	新的	い形容詞
16. いい / よい		好的	い形容詞
17. わるい	悪い	不好的、壞的	い形容詞
18. たかい	高い	高的、貴的	い形容詞
19. やすい	安い	便宜的	い形容詞
20. ひくい	低い	低的	い形容詞
21. あつい	暑い	熱的	い形容詞
22. さむい	寒い	冷的	い形容詞
23. やさしい	優しい / 易しい	溫柔的 / 簡單的	い形容詞
24. むずかしい	難しい	困難的	い形容詞

單字	漢字	中譯	詞性
25. いそがしい	忙しい	忙碌的	い形容詞
26. きれい（な）		漂亮（的）、乾淨（的）	な形容詞
27. げんき（な）	元気（な）	有精神（的）	な形容詞 / 名詞
28. しんせつ（な）	親切（な）	親切（的）	な形容詞 / 名詞
29. ひま（な）	暇（な）	有空（的）	な形容詞 / 名詞
30. しずか（な）	静か（な）	安靜（的）	な形容詞
31. にぎやか（な）	賑やか（な）	熱鬧（的）	な形容詞
32. ゆうめい（な）	有名（な）	有名（的）	な形容詞 / 名詞
33. ハンサム（な）		帥（的）	な形容詞
34. とても		很、非常	副詞
35. あまり		不太	副詞
36. どう		～如何呢？	副詞
37. どんな		什麼樣的～呢？	

★ 会話単語

1. しょくいん	職員	職員	
2. べんり（な）	便利（な）	方便（的）	な形容詞 / 名詞

だいはちか 第八課

〈 ぶんけい 文型 〉

01　Aは　い / な形容詞　です　　　　　　　　　A 是～（的）

1. 日本のかばんは高いです。

2. この本は面白いです。

3. ケーキはおいしいです。

4. 京都は賑やかです。

5. 王さんは親切です。

> れんしゅう
>
> 1. この山は ＿＿＿＿＿＿＿ です。　　這座山很大。
> 2. 陳さんの ＿＿＿＿＿＿＿ です。　　陳先生的時鐘很老舊了。
>   ①とけいはふるい　　②とけいはたかい　　③はさみはやすい
> 3. 我的爸爸很溫柔。 ＿＿＿＿＿＿＿＿＿＿＿＿＿＿＿＿＿＿

02　い / な形容詞　名詞　　　　　　　　　　　是～的～

1. 富士山は高い山です。

2. 陳さんは面白い人です。

3. 斗六は静かな町です。

4. 日本はきれいな国です。

> れんしゅう
>
> 1. 吉野家は ＿＿＿＿＿＿＿ レストランです。
>   吉野家是有名的餐廳。
> 2. うちの母は ＿＿＿＿＿＿＿ です。　　　我的母親是忙碌的人。
>   ①いそがしいひと　　②いそがしいなひと　　③いそがしいのひと
> 3. 台北是熱鬧的城市。 ＿＿＿＿＿＿＿＿＿＿＿＿＿＿＿＿＿

92

03 とても ～（肯定）/ あまり～（否定） 　　　　　　很～ / 不太～

1. 北海道はとても寒いです。

2. ユニクロはとても有名な会社です。

3. ビールはあまりおいしくないです。

4. 台北はあまり静かではありません。

1. 健太さんは ＿＿＿＿ 元気な人 ＿＿＿＿。

健太先生是非常有活力的人。

2. 小林さんは ＿＿＿＿＿＿＿ です。

小林先生是非常帥氣的人。

①とてもしんせつなひと

②あまりハンサムなひと

③とてもハンサムなひと

3. 花不太貴。＿＿＿＿＿＿＿＿＿＿＿＿＿＿＿＿＿

04 ～。そして～ 　　　　　　～，而且～

1. 先生はハンサムです。そして優しいです。

2. この町はきれいです。そして静かです。

3. ケーキはおいしいです。そして安いです。

れんしゅう

1. 先生はきれいです。＿＿＿＿＿＿ 親切です。

   老師很漂亮，而且很親切。

2. このチョコレートは ＿＿＿＿＿＿ です。

   這個巧克力很好吃，而且很便宜。

   ①おいしいです。そしてやすい

   ②たのしいです。そしてやすい

   ③おいしいです。そしてたかい

3. 那張照片很老舊，而且很小張。

   ＿＿＿＿＿＿＿＿＿＿＿＿＿＿＿＿＿＿＿＿＿＿＿

05 ～が、～   ～，但是～

1. ケーキはおいしいですが、小さいです。

2. あのレストランはきれいですが、高いです。

3. 仕事は忙しいですが、楽しいです。

れんしゅう

1. 王品は ＿＿＿＿＿＿＿＿＿＿、おいしいです。

   王品很貴，但是很好吃。

2. この町は ＿＿＿＿＿＿＿＿＿ です。

   這個城市很小，但是很漂亮。

   ①おおきいですが、きれい   ②ちいさいですが、ふるい

   ③ちいさいですが、きれい

3. 這本雜誌雖然很有趣，但是很貴。

   ＿＿＿＿＿＿＿＿＿＿＿＿＿＿＿＿＿＿＿＿＿＿＿

06　どう / どんな〜ですか　　　　　　　　　　　〜如何？ / 是什麼樣的〜呢？

1. A：日本はどうですか。

   B：きれいです。

2. A：日本はどんな国ですか。

   B：きれいな国です。

08

れんしゅう

1. A：台湾は _____。　　　台灣如何呢？

   B：きれいです。　　　　　　　　　　　台灣很漂亮。

2. A：台南は _____。　　　台南是什麼樣的城市呢？

   B：_____ 町です。　　　　　　　　台南是個安靜的城市。

   ①どんなまちですか；しずかな　　②どんなくにですか；しずかな

   ③どんなまちですか；にぎやかな

3. A：李小姐是怎麼樣的人呢？_____

   B：李小姐是個溫柔的人。

   _____

だいはちか　第八課

日本の生活
（にほんのせいかつ）

大学職員（だいがくしょくいん）：コウさん、日本（にほん）の生活（せいかつ）はどうですか。

コウ：日本（にほん）はとてもきれいですね。そして便利（べんり）です。

　　　でも、野菜（やさい）はあまり安（やす）くないです。

大学職員（だいがくしょくいん）：そうですか。大学（だいがく）はどうですか。

コウ：忙（いそが）しいですが、楽（たの）しいです。先週（せんしゅう）、友達（ともだち）と京都（きょうと）へ行（い）きました。

大学職員（だいがくしょくいん）：いいですね。もう奈良（なら）へ行（い）きましたか。

コウ：いいえ、まだです。奈良（なら）はどんな町（まち）ですか。

大学職員（だいがくしょくいん）：古（ふる）い町（まち）です。そして静（しず）かな町（まち）ですよ。

コウ：そうですか。来週（らいしゅう）行（い）きます。

1. A:「定食8」は _____ 。　　　　　　A：「定食8」是什麼樣的餐廳呢？

   B:_____ レストランです。　　　　　B：「定食8」是很美味的餐廳。

   ①どんなレストランですか；おいしい　　②どんなスーパーですか；おいしい

   ③どんなレストランですか；やさしい

2. このりんごは _____ です。　　　　這個蘋果很小顆，但是很好吃。

   ①おおきいですが、おいしい　　②ちいさいですが、おいしい

   ③ちいさいですが、たかい

3. 渡辺さんは _____ 。

   渡辺先生不太親切。

4. 生活は楽しいです。_____ 。

   生活很開心，而且很有趣。

5. 這部電影很有趣。_____

6. 台北車站是熱鬧的車站。_____

頑張りましょう！

第九課

09 だいきゅうか

- A　は B が好き / 嫌い / 上手 / 下手です
- A は　B がわかります
- A は　B があります
- A から、B
- どうしてですか

09 だいきゅうか
第九課

〈 たんご 単語 〉

單字	漢字	中譯	詞性
1. わかります	分かります	知道、明白	動詞 I
2. あります		有、在	動詞 I
3. います		有、在	動詞 II
4. できます		能、會	動詞 II
5. おっと	夫	丈夫	名詞
6. しゅじん	主人	丈夫	名詞
7. つま	妻	妻子	名詞
8. かない	家内	妻子	名詞
9. おくさん	奥さん	別人的妻子	名詞
10. ごしゅじん	ご主人	別人的丈夫	名詞
11. ちゅうかりょうり	中華料理	中國菜	名詞
12. にほんりょうり	日本料理	日本料理	名詞
13. ひらがな	平仮名	平假名	名詞
14. かたかな	片仮名	片假名	名詞
15. かんじ	漢字	漢字	名詞
16. じかん	時間	時間	名詞
17. やすみ	休み	休假	名詞
18. なつやすみ	夏休み	暑假	名詞
19. ひ	日	日子	名詞
20. すき (な)	好き (な)	喜歡 (的)	な形容詞
21. きらい (な)	嫌い (な)	討厭 (的)	な形容詞
22. じょうず (な)	上手 (な)	擅長 (的)	な形容詞 / 名詞
23. へた (な)	下手 (な)	不擅長 (的)	な形容詞 / 名詞
24. たくさん		很多	副詞

單字	漢字	中譯	詞性
25. すこし	少し	一點點	副詞
26. ぜんぜん	全然	完全、一點也不	副詞
27. よく		經常、很～、非常～	副詞
28. たいてい	大抵	大致、大都	副詞
29. だいたい	大体	大約、大概	副詞
30. どうしてですか		為什麼？	

コーラの豆知識

「春夏△冬」是什麼意思？

日文中有個字叫「商い」，它是「營業／販賣」的意思，日本人通常會將上面寫著「商い中」的牌子掛在門口，告知顧客現在「營業中」，不過也曾看過有人在門口上掛了寫著「春夏△冬」的牌子，乍看之下無法馬上理解意思，原來這是塊少了「秋」的「あきない」的牌子，也就在玩「商い」的文字遊戲，非常有趣。

另外日本人常講的「商い三年」指的是做生意很不容易，等到回本能賺錢至少需要 3 年的時間，也就是「做生意的前 3 年內，請好好忍耐」的意思。

01 AはBが 好き / 嫌い / 上手 / 下手です　　A 喜歡 / 討厭 / 擅長 / 不擅長 B

1. 私はあなたが好きです。

2. 新ちゃんは野菜が嫌いです。

3. 山田さんは中華料理が上手です。

4. 李さんは日本語が下手です。

れんしゅう
1. 私は ＿＿＿＿＿＿＿＿＿＿ です。　　　我喜歡吃蛋糕。
2. 彼は ＿＿＿＿＿＿＿＿＿＿ です。　　　他很討厭下雨。
　①はながすき　　②はながきらい　　③あめがきらい
3. 原田先生擅長中文。＿＿＿＿＿＿＿＿＿＿＿＿＿＿＿＿

02 Aは　Bが　わかります　　　　　　　　　　A 懂 / 了解 B

1. 私は平仮名がわかります。

2. 陳さんは日本語がわかります。

3. スミスさんは漢字がわかりません。

れんしゅう
1. 金さんは ＿＿＿＿＿＿＿＿＿＿＿＿＿。　　金小姐懂韓文。
2. 彼女は ＿＿＿＿＿ わかります。　　　　她懂音樂。
　①おんがくが　　②おんがくを　　③おんがくに
3. 田中先生不懂中文。

＿＿＿＿＿＿＿＿＿＿＿＿＿＿＿＿＿＿＿＿＿＿＿＿

03　Aは　Bが　あります　　　　　　　　　　　　A 有 B

1. 李さんはお金があります。

2. 私は車と家があります。

3. スミスさんは時間がありません。

> **れんしゅう**
>
> 1. 奈央さんは ＿＿＿＿＿＿＿＿＿＿＿＿＿。
>
>   奈央小姐有照相機。
>
> 2. 劉さんは ＿＿＿＿＿＿＿＿＿＿＿＿＿。
>
>   劉先生沒有腳踏車。
>
>   ①じてんしゃがあります　　②じてんしゃがありません
>
>   ③じどうしゃがありません
>
> 3. 花子小姐沒有鞋子。
>
>   ＿＿＿＿＿＿＿＿＿＿＿＿＿＿＿＿＿＿＿

04　Aから、B　　　　　　　　　　　　　　　　因為 A，所以 B

1. 王さんはお酒が好きですから、よく飲みます。

2. 私は野菜が嫌いですから、あまり食べません。

3. 時間がありませんから、どこへも行きません。

〈 ぶんけい 文型 〉

れんしゅう

1. 私は ＿＿＿＿＿＿＿＿＿＿＿＿、よく買います。

   我因為喜歡花，所以經常買。

2. 彼はお酒が ＿＿＿＿＿＿＿ 飲みません。

   他因為討厭酒，所以不常喝。

   ①きらいですから、あまり　　②すきですから、あまり

   ③きらいですから、よく

3. 因為有很多書，所以經常讀。

   ＿＿＿＿＿＿＿＿＿＿＿＿＿＿＿＿＿＿＿＿

05　どうしてですか　　　　　　　　　　　　　　　為什麼？

1. A：今朝何も食べませんでした。

   B：どうしてですか。

   A：お金がありませんから。

れんしゅう

1. A：ゆうべ何も食べませんでした。　　A：昨晚什麼也沒吃。

   B：＿＿＿＿＿＿＿＿＿＿＿＿。　　B：為什麼？

   A：時間がありませんでしたから。　　A：因為沒有時間。

2. A：＿＿＿＿＿＿ その野菜を食べませんか。

   A：為什麼不吃那個青菜呢？

   B：わたしはこの野菜 ＿＿＿＿＿ 好きじゃありません ＿＿＿＿＿。

   B：因為我不喜歡這個青菜。

   ①どうして；が；から　　②どんして；×；から

   ③どうして；が；×

3. A：前天什麼也沒喝。＿＿＿＿＿＿＿＿＿＿＿＿＿＿＿

   B：為什麼？＿＿＿＿＿＿＿＿＿＿＿＿＿＿＿＿＿＿

   A：因為沒有錢。＿＿＿＿＿＿＿＿＿＿＿＿＿＿＿＿

会 話

どんな料理（りょうり）が好（す）きですか

コウ：中谷（なかたに）さんはどんな料理（りょうり）が好（す）きですか。

中谷（なかたに）：日本料理（にほんりょうり）が好（す）きです。

コウ：おいしいですから、私（わたし）も好（す）きです。

中谷（なかたに）：夏休（なつやす）み、私（わたし）の家族（かぞく）の家（うち）へ行（い）きましょう。うちの母（はは）は料理（りょうり）がとても上手（じょうず）です。

コウ：いいですね。でも……。

中谷（なかたに）：どうしてですか。忙（いそが）しいですか。

コウ：いいえ、私（わたし）は時間（じかん）がありますが、日本語（にほんご）があまりわかりませんから。

中谷（なかたに）：コウさんは日本語（にほんご）がとても上手（じょうず）ですよ。

コウ：そうですか。ありがとう。

09

だいきゅうか 第九課

1. 林_{りん}さんは ＿＿＿＿＿＿＿＿＿＿＿。　　　　　　　林小姐沒有電腦。

　　①パソコンがありません　②バイクがあります　③ビールがあります

2. 李_りさんはお金がありませんから、＿＿＿＿＿ 映画を見 ＿＿＿＿＿。

　　李先生因為沒有錢，所以不太看電影。

　　①あまり;ません　②少し;ません　③あまり;ます

3. 私はお茶 ＿＿＿＿＿＿＿＿＿＿＿＿＿＿、よく飲みます。

　　我因為喜歡茶，所以經常喝。

4. 私は ＿＿＿＿＿＿＿＿＿ です。　　　　　　　　我不擅長做料理。

5. 高先生不懂日文。＿＿＿＿＿＿＿＿＿＿＿＿＿＿＿＿＿＿＿

6. A:上個月什麼也沒買。＿＿＿＿＿＿＿＿＿＿＿＿＿＿＿

　　B:為什麼？＿＿＿＿＿＿＿＿＿＿＿＿＿＿＿＿＿＿＿

　　A:因為沒有錢。＿＿＿＿＿＿＿＿＿＿＿＿＿＿＿＿＿

1. _____のことばはひらがな、かたかな、漢字でどう書きますか。

① 田中さんははんさむです。

  1. ハンサム　2. ハソサム　3. ハンセム　4. ハソセム

② 田中さんはやさしい人です。

  1. 忙しい　2. 楽しい　3. 優しい　4. 新しい

③ 今日はさむいです。

  1. 暑い　2. 寒い　3. 高い　4. 安い

④ 奈良は静かなまちです。

  1. 雨　2. 町　3. 山　4. 国

⑤ 私はじかんがありません。

  1. 時間　2. 漢字　3. 生活　4. 家内

⑥ このカメラは高いです。

  1. やすい　2. やずい　3. たがい　4. たかい

⑦ 私は日本語が下手です。

  1. じょうず　2. へた　3. じょうす　4. へだ

⑧ 陳さんは片仮名がわかりません。

  1. ひらがな　2. ひらかな　3. かたがな　4. かたかな

⑨ 渡辺さんは親切です。

  1. しんせつ　2. ゆうめい　3. ひま　4. げんき

⑩ これは<u>新しい</u>時計です。

1. たのしい　2. やさしい　3. あたらしい　4. いそがしい

2.(　　　)の中から正しいものを選んでください。

① A：京都は (どう、どんな、どうして) ですか。

　　B：きれいです。

② A：田中さんは (どう、どんな、どうして) 人ですか。

　　B：面白い人です。

③ A：山田さんは来ませんでした。

　　B：(どう、どんな、どうして) ですか。

④ A：あなたは (どう、どんな、どうして) 料理が好きですか。

　　B：タイ料理が好きです。

⑤ A：あなたは (なに、なん、どう) が好きですか。

　　B：本が好きです。

3. い / な形容詞 + 名詞です。

例

① ② ③

例: 古い本です。

① (　　　　　　) 天気です。

② (　　　　　　) 車です。

③ (　　　　　　) 人です。

④ (　　　　　　) 町です。

④

4. (　　) の中から正しいものを選んでください。

① このチョコレートは (とても、あまり) おいしいです。

② このケーキは (とても、あまり) おいしくないです。

③ 奈良は (きれい、きれいな) 町です。

④ 田中さんは親切 (です。そして、ですが)、優しいです。

⑤ このかばんはきれい (です、ですが)、高いです。

⑥ 王さんは日本語 (は、が) 好きです。

⑦ 私は本が (たくさん、全然) あります。

⑧ 私は英語が (大体、全然) わかりません。

⑨ 山田さんはチョコレートが好きですから、よく (食べます、食べません)。

⑩ 私は時間がありません (が、から)、日本へ行きません。

5. 音声を聞いて ＿＿＿ に書いてください。

① ＿＿＿＿＿＿＿＿＿＿＿＿＿＿＿＿＿＿＿＿＿＿＿＿＿＿。

② ＿＿＿＿＿＿＿＿＿＿＿＿＿＿＿＿＿＿＿＿＿＿＿＿＿＿。

③ ＿＿＿＿＿＿＿＿＿＿＿＿＿＿＿＿＿＿＿＿＿＿＿＿＿＿。

★ 複習解答請參照 P.169。

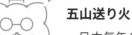

五山送り火
　日本每年 8 月 16 日晚上 8:00 ～ 8:20 間，會在環繞著京都的五座山上，分別點上字樣或圖案，文字有「大文字」、「左大文字」、「妙法」，圖案有「船形」、「鳥居形」，點火時間長約 30 分左右。
　據說在「お盆（ぼん）」期間，日本人會迎接祖先供養，之後在五座山上點火，就能將這些靈魂送回另一個世界，這種儀式叫「五山送（ござんおく）り火（び）」，是京都獨有的習俗。
　對多數的京都人而言，「五山送（ござんおく）り火（び）」的儀式進行後，也象徵著夏天正式結束了。

第十課

10 だいじゅっか

- 場所に　A (人 / 動物) がいます
- 場所に　A (物品) があります
- A (人 / 動物) は場所にいます
- A (物品) は　場所に　あります
- A　や　B (など) が　います /
  あります

頑張りましょう！

10 だいじゅっか
第十課

〈 たんご 単語 〉

單字	漢字	中譯	詞性
1. まえ	前	前面	名詞
2. うしろ	後ろ	後面	名詞
3. ひだり	左	左邊	名詞
4. みぎ	右	右邊	名詞
5. うえ	上	上面	名詞
6. した	下	下面	名詞
7. となり	隣	隔壁	名詞
8. なか	中	中間、裡面	名詞
9. あいだ	間	～之間、～中間	名詞
10. ちかく	近く	附近	名詞
11. へや	部屋	房間	名詞
12. はなや	花屋	花店	名詞
13. ほんや	本屋	書店	名詞
14. ～や	～屋	～店	
15. ポスト		郵筒、信箱	名詞
16. きって	切手	郵票	名詞
17. ゆうびんきょく	郵便局	郵局	名詞
18. コンビニ		便利商店、超商	名詞
19. ビル		大樓	名詞
20. マクドナルド		麥當勞	名詞
21. カルフール		家樂福	名詞
22. いけ	池	池塘	名詞
23. どうぶつえん	動物園	動物園	名詞
24. かえる	蛙	青蛙	名詞

單字	漢字	中譯	詞性
25. さかな	魚	魚	名詞
26. おたまじゃくし		蝌蚪	名詞
27. ぞう	象	大象	名詞
28. キリン		長頸鹿	名詞
29. ライオン		獅子	名詞
30. ねこ	猫	貓	名詞
31. いぬ	犬	狗	名詞
32. ピーマン		青椒	名詞
33. はくさい	白菜	白菜	名詞
34. にんじん	人参	紅蘿蔔	名詞
35. てがみ	手紙	信	名詞
36. はこ	箱	箱子、盒子	名詞
37. ドア		門	名詞
38. まど	窓	窗戶	名詞
39. れいぞうこ	冷蔵庫	冰箱	名詞
40. ほんだな	本棚	書架、書櫃	名詞
41. いろいろ (な)		各式各樣 (的)	な形容詞 / 名詞

10

だいじゅっか 第十課

01 場所に　A (人 / 動物) が　います　　　在～地方有 A

1. 公園に子どもがいます。

2. 部屋に猫がいます。

3. 教室に先生と学生がいます。

4. A:トイレに誰がいますか。

　　B:誰もいません。

> れんしゅう
>
> 1. 学校に ＿＿＿＿＿＿＿＿＿＿＿＿。　　　學校裡有老師和學生。
> 2. いけに ＿＿＿＿＿＿＿＿。　　　池塘裡有魚。
>   ①さかながいます　②かえるがいます　③ねこがいます
> 3. 在動物園裡有大象。＿＿＿＿＿＿＿＿＿＿＿＿＿＿＿

02 場所に　A (物品) が　あります　　　在～地方有 A

1. 本棚にいろいろな本があります。

2. 机の上に本とノートがあります。

3. 郵便局の右にコンビニがあります。

4. A:冷蔵庫に何がありますか。

　　B:ピーマンと白菜があります。

> れんしゅう
>
> 1. スーパーの右に ＿＿＿＿＿＿＿。　　　超市的右邊有超商。
> 2. 部屋の中に ＿＿＿＿＿＿＿＿。　　　房間裡有書架。
>   ①ほんだながあります　②はこがあります
>   ③ドアがあります
> 3. 冰箱裡有胡蘿蔔跟白菜。＿＿＿＿＿＿＿＿＿＿＿＿

03 A (人 / 動物) は　場所に　います　　　A 在〜

1. 子どもは公園にいます。

2. 猫はドアの近くにいます。

3. 先生は教室にいます。

4. A: 陳さんはどこにいますか。

　　B: 部屋にいます。

れんしゅう

1. いぬは箱 ＿＿＿＿＿＿＿＿＿＿。　　　狗在箱子裡。

2. うちの母は ＿＿＿＿＿＿＿＿＿。　　　我的媽媽在房間。

　　①へやにいます　　②いけにいます　　③ビルにいます

3. 百合小姐在郵局。＿＿＿＿＿＿＿＿＿＿＿＿＿＿＿＿＿

04 A (物品) は　場所に　あります　A 在〜

1.「台北 101」は台北にあります。

2. マクドナルドは駅の前にあります。

3. 本屋はレストランの隣にあります。

4. A:「50 嵐」はどこにありますか。

　　B: 花屋とカルフールの間にあります。

れんしゅう

1. 花屋はコンビニの隣 ＿＿＿＿＿＿＿。　花店在超商的隔壁。

2. 手紙は ＿＿＿＿＿＿＿＿。　　　　　　信在桌上。

　　①つくえのうえにあります　　②つくえのしたにあります

　　③つくえのみぎにいます

3. 超商在麥當勞跟花店之間。＿＿＿＿＿＿＿＿＿＿＿＿＿＿

10

だいじゅっか　第十課

05 A や B (など) が　います / あります　　　　有 A 和 B 等等

1. 箱の中に手紙や写真があります。

2. 公園に犬や猫や子どもなどがいます。

3. A：冷蔵庫に何がありますか。

　 B：ピーマンや白菜やにんじんなどがあります。

> **れんしゅう**
>
> 1. 動物園にライオンやキリン _____。
>
>   動物園裡有獅子啦、長頸鹿等等。
>
> 2. 池に _____。
>
>   池塘裡有魚、青蛙、蝌蚪等等。
>
>   ①さかなやかえるやおたまじゃくしなどがいます
>
>   ②さかなやぞうやキリンなどがいます
>
>   ③さかなとかえるやおたまじゃくしなどがあります
>
> 3. 冰箱裡有咖啡、果汁、茶等等。
>
>   _____

☆ と 跟 や 的比較

以上請參考別冊說明

ここです

コウ：中谷さん、どこですか。

中谷：私は隣の部屋にいます。今、行きます。

コウ：魚はどこですか。

中谷：魚は机の上にありますよ。

コウ：ありませんよ。

中谷：あ、魚は白菜の下にありました。

コウ：今から料理をしますよ。冷蔵庫の中に何がありますか。

中谷：にんじんやピーマンなどがありますね。あ、あそこに猫がいます。

コウ：えっ、どこですか。

中谷：にゃー、ここです。

10

だいじゅっか 第十課

まとめ問題

1. 幸子さんは ＿＿＿＿＿＿＿＿。　　　　　　　　　　　幸子小姐在夜市。
   ①よいちにいます　②えきにいます　③こうえんにいます。

2. レストランに ＿＿＿＿＿＿＿＿。　　　　　　　　　　在餐廳裡有中國菜。
   ①にほんりょうりがあります　　②かんこくりょうりがあります
   ③ちゅうかりょうりがあります

3. カルフールの左に ＿＿＿＿＿＿＿＿＿＿＿＿＿＿。
   家樂福的左邊有餐廳。

4. 会社 ＿＿＿＿＿＿ 郵便局やデパート ＿＿＿＿＿＿＿＿。
   公司前面有郵局、百貨公司等等。

5. 銀行在醫院跟超商之間。＿＿＿＿＿＿＿＿＿＿＿＿＿＿＿＿＿

6. 公園裡有貓啦、狗等等。＿＿＿＿＿＿＿＿＿＿＿＿＿＿＿＿＿

第十一課

11 だいじゅういっか

- ～を / が数量詞　V ます
- 時間長度　V ます
- 時間長度に次数　V ます

頑張りましょう！

11

だいじゅういっか
第十一課

〈 たんご 単語 〉

單字	漢字	中譯	詞性
1. かかります		花 (時間、金錢)	動詞 I
2. あに	兄	自己的哥哥	名詞
3. あね	姉	自己的姉姉	名詞
4. おにいさん	お兄さん	別人的哥哥	名詞
5. おねえさん	お姉さん	別人的姉姉	名詞
6. おとうと	弟	弟弟	名詞
7. いもうと	妹	妹妹	名詞
8. おとうとさん	弟さん	別人的弟弟	名詞
9. いもうとさん	妹さん	別人的妹妹	名詞
10. すごい		了不起的、厲害的	い形容詞
11. くらい		大約〜、大概〜	助詞
12. だけ		只	助詞
13. いくつ		幾個	
14. なんにん	何人	幾個人	
15. なんだい	何台	幾台、幾輛	
16. なんまい	何枚	幾張、幾件	
17. なんさつ	何冊	幾本	
18. なんぼん	何本	幾支、幾瓶	
19. なんばい	何杯	幾杯	
20. なんこ	何個	幾個	
21. なんとう	何頭	幾頭	
22. なんびき	何匹	幾隻	
23. どのくらい		大約多久	
24. いちじかん	一時間	一個小時	

單字	漢字	中譯	詞性
25. いっしゅうかん	一週間	一個星期	
26. いっかげつ	一か月	一個月	
27. 〜つ		〜個	
28. 〜にん	〜人	〜個人	
29. 〜だい	〜台	〜台／輛	
30. 〜まい	〜枚	〜張／件	
31. 〜さつ	〜冊	〜本	
32. 〜ほん	〜本	〜枝／瓶	
33. 〜はい	〜杯	〜杯	
34. 〜こ	〜個	〜個	
35. 〜とう	〜頭	〜頭	
36. 〜ひき	〜匹	〜隻	
37. 〜かい	〜回	〜次	

〈 ぶんけい 文型 〉

01　〜を / が　数量詞　Vます　　　　　　　做了〜多少數量

1. 机が 5 つあります。

　　5 つ机があります。

　　机 5 つがあります。

　　5 つの机があります。

2. 机の上にみかんが 5 つあります。

3. かばんの中に紙が 4 枚あります。

4. 私はりんごを 2 つ食べます。

5. 李さんはパソコンを 1 台買いました。

6. A:この会社に日本人が何人いますか。

　　B:日本人が 3 人います。

7. A:教室に机がいくつありますか。

　　B:机が 4 つあります。

れんしゅう

1. 王さんは本 ＿＿＿＿＿＿＿＿＿＿。　　　　王小姐看了 8 本書。

2. 家に猫 ＿＿＿＿＿＿＿＿＿＿＿＿＿。　　家裡有 3 隻貓。

　①をさんびきあります　②がさんびきいます

　③がさんひきいます

3. A:這裡有幾頭大象？＿＿＿＿＿＿＿＿＿＿＿＿＿＿＿

　　B:8 頭大象。＿＿＿＿＿＿＿＿＿＿＿＿＿＿＿

1. 私は昨日日本語を１時間勉強しました。

2. 李さんは日本に３か月いました。

3. 子どもは毎日８時間寝ます。

4. A：先月会社を何日休みましたか。

　　B：会社を５日休みました。

5. A：どのくらい英語を勉強しましたか。

　　B：１２年勉強しました。

6. A：斗六から台北までどのくらいかかりますか。

　　B：バスで３時間ぐらいかかります。

　　　新幹線で２時間だけかかります。

れんしゅう

1. 加藤さんは ＿＿＿＿＿＿＿＿＿＿＿＿＿＿＿＿ 使います。

　加藤先生每天用電腦 3 小時。

2. A：台湾から日本まで ＿＿＿＿＿＿＿ かかりますか。

　從台灣到大阪大約花多少時間?

　B：飛行機で2時間 ＿＿＿＿＿＿＿。

　坐飛機花 2 小時左右。

　①いくつ；ぐらいかかります　　　②どのくらい；かかります

　③どのくらい；ぐらいかかります

3. 我昨天打了 4 小時的電話。＿＿＿＿＿＿＿＿＿＿＿＿＿＿

03　時間長度に　次數　Ｖます　　　　　　　　　期間內做～次

1. お母さんは１日に１回野菜を買います。

2. 私は１週間に２回映画を見ます。

3. 山田さんは１か月に３回彼女に手紙を書きます。

4. 李さんは１年に４回日本へ行きます。

<table>
<tr><td rowspan="7">れんしゅう</td></tr>
</table>

れんしゅう

1. 王さんは ＿＿＿＿＿＿＿＿＿＿ 彼女 ＿＿＿＿ 映画を見ます。

王先生１個月帶女朋友看３次電影。

2. 私は ＿＿＿＿＿＿ を買います。　　　　我半年買１次書。

①はんとしにいかいほん　　②はんとしにいっかいほん

③いっかいにはんとしほん

3. 林小姐１年回家３次。

＿＿＿＿＿＿＿＿＿＿＿＿＿＿＿＿＿＿＿＿＿＿＿＿＿

映画で勉強
えい が　べん きょう

岩崎：コウさん、こんにちは。
いわさき

コウ：こんにちは。どこへ行きますか。
い

岩崎：映画を見ます。
いわさき　えい が　み

コウ：岩崎さんは映画がとても好きですね。1 か月にどのくらい見ますか。
いわさき　えい が　す　げつ　み

岩崎：1 か月に 3 回見ます。昨日は家で映画を 3 本見ました。
いわさき　げつ　かい み　き のう　いえ えい が　ぼん み

コウ：すごい。日本の映画ですか。
に ほん　えい が

岩崎：はい。でもアメリカの映画も好きです。英語を映画で勉強します。
いわさき　えい が　す　えい ご　えい が　べんきょう

コウ：ははは。今週は何時間英語を勉強しましたか。
こんしゅう　なん じ かんえい ご　べんきょう

岩崎：12 時間勉強しました。
いわさき　じ かんべんきょう

まとめ問題

1. 学校 _____ アメリカ人が _____。　　　　學校裡面有 3 位美國人。
　　①で;さんにんあります　②に;さんにんいます　③に;さにんあります

2. 幸子さんは _____ 学校に行きます。　　　幸子小姐 1 週去學校 1 次。
　　①いっしゅうかんにいっかい　　②いしゅうかんにいちかい
　　③いっしゅかんにいかい

3. カルフール _____ レストランが _____。　　家樂福裡有 5 間餐廳。

4. 私は昨日 _____ 掃除し _____。　　　我昨天打掃了 4 小時。

5. 林小姐 1 個月在百貨公司和男朋友見 3 次。 _____

6. 李先生每天看 3 小時的書。 _____

1. _____のことばはひらがな、かたかな、漢字でどう書きますか。

① どあの前に猫がいます。

　　1. ドア　2. ダア　3. デア　4. ザア

② 銀行の右にこんびにがあります。

　　1. ユンビニ　2. コンビエ　3. ヨンビエ　4. コンビニ

③ 郵便局はどこですか。

　　1. ようびんきく　2. ようべんきゃく　3. ゆうびんきょく　4. ゆうべんきく

④ この教室に日本人が何人いますか。

　　1. なににん　2. なにじん　3. なんにん　4. なんじん

⑤ 本棚に本があります。

　　1. ほんたた　2. ほんたな　3. ほんだな　4. ほんなな

⑥ 弟さんは何歳ですか。

　　1. おとうと　2. おどとう　3. いもうと　4. いもとう

⑦ おねえさんはどこにいますか。

　　1. お兄さん　2. お姉さん　3. お父さん　4. お母さん

⑧ 田中さんはへやにいます。

　　1. 花屋　2. 部屋　3. 箱　4. 池

⑨ 冷蔵庫にさかながあります。

　　1. 白菜　2. 野菜　3. 人参　4. 魚

⑩ あのビルの<u>まえ</u>にデパートがあります。

　1. 中　2. 左　3. 上　4. 前

2. 例：　Q:コンビニはどこにありますか。
　　　　A:郵便局の右です。

① Q:銀行はどこにありますか。

　A:＿＿＿＿＿＿＿＿＿＿＿＿

② Q:花屋はどこにありますか。

　A:＿＿＿＿＿＿＿＿＿＿＿＿

③ Q:郵便局はどこにありますか。

　A:＿＿＿＿＿＿＿＿＿＿＿＿

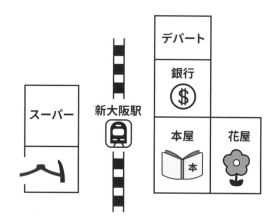

3. 〜を / が 助数詞〜ます。

① Q:あの店で何を買いましたか。

　A:＿＿＿＿＿＿＿＿と＿＿＿＿＿＿＿＿買いました。

② Q:部屋に何人いますか。

　　A:＿＿＿＿＿＿います。

③ Q:部屋に机が＿＿＿＿＿ありますか。

　　A:机が 1 つあります。

④ Q:机の上にコーヒーが何杯ありますか。

　　A:＿＿＿＿＿＿あります。

4.(　　　)の中から正しいものを選んでください。

① 花が (います、あります)。

② 猫が (います、あります)。

③ A:誰がいますか。

　　B:誰も (います、いません)。

④ 冷蔵庫の中に野菜 (と、や) 卵などがあります。

⑤ 先生 (に、は) 教室にいます。

⑥ 銀行 (と、の) 右に公園があります。

⑦ 東京から大阪までどのくらい (×、が) かかりますか。

⑧ 私は 1 か月 (の、に)2 回映画を見ます。

⑨ 昨日英語を (1 時、1 時間) 勉強しました。

⑩ 本屋は花屋と銀行の (隣、間) にあります。

5. 音声を聞いて ＿＿＿ に書いてください。

① ＿＿＿＿＿＿＿＿＿＿＿＿＿＿＿＿＿＿＿＿＿＿＿＿ 。

② ＿＿＿＿＿＿＿＿＿＿＿＿＿＿＿＿＿＿＿＿＿＿＿＿ 。

③ ＿＿＿＿＿＿＿＿＿＿＿＿＿＿＿＿＿＿＿＿＿＿＿＿ 。

★ 複習解答請參照 P.169。

コーラの豆知識

父の日

　8 月 8 日是台灣的「父親節（父の日）」，跟母親節一樣，父親節的起源有各種版本和日期，每年 6 月的第三個星期日這個版本起源於美國，被日本等多數國家採用，台灣則取 8 月 8 日的諧音為父親節。

　相較於母親節一般送「カーネーション」，父親節該送父親什麼花並沒有特定，但一般送「黃玫瑰（黃色いバラ）」或白玫瑰，也有送花語（花言葉）為「子女之愛」的「百合（ユリ）」。

12 だいじゅうにか

- A は B より い / な形容詞 です
- A と B とどちらが い / な 形容詞 ですか
- 〜 (の中) で〜が一番 い / な形容詞 ですか

頑張りましょう！

〈 たんご 単語 〉

單字	漢字	中譯	詞性
1. ラーメン		拉麵	名詞
2. パン		麵包	名詞
3. すきやき	すき焼き	壽喜燒	名詞
4. たこやき	たこ焼き	章魚燒	名詞
5. はる	春	春天	名詞
6. なつ	夏	夏天	名詞
7. あき	秋	秋天	名詞
8. ふゆ	冬	冬天	名詞
9. はれ	晴れ	晴天	名詞
10. くもり	曇り	陰天	名詞
11. ゆき	雪	雪	名詞
12. すずしい	涼しい	涼爽的	い形容詞
13. あたたかい	暖かい / 温かい	溫暖的 / 溫的	い形容詞
14. からい	辛い	辣的	い形容詞
15. おおい	多い	多的	い形容詞
16. すくない	少ない	少的	い形容詞
17. ちかい	近い	近的	い形容詞
18. とおい	遠い	遠的	い形容詞
19. かんたん (な)	簡単 (な)	簡單 (的)	な形容詞 / 名詞
20. ずっと		～的多；一直	副詞
21. いちばん	一番	最、第一	副詞 / 名詞
22. どちら		哪個比較～	
23. どちらも		兩個都～	

〈 ぶんけい 文型 〉

01 ☆ い形容詞的各種時態

	現在 / 未來	過去
肯定	暑い おいしいです いい	
否定		

例句:明日は寒いです。

02 ☆ N/ な形容詞的各種時態

	現在 / 未來	過 去
肯定	先生 元気です 静か	
否定		

例句:明日は雨です。

以上請參考別冊說明

03 Aは Bより い / な形容詞 です 　　　　　　A 比 B 〜

1. 英語は日本語より簡単です。

2. ラーメンはパンよりおいしいです。

3. 山田さんは王さんより料理が上手です。

4. 台北は斗六よりずっと人が多いです。

> れんしゅう
>
> 1. ASUS の携帯は Apple の携帯 ＿＿＿＿＿＿＿＿＿＿。
>
>   ASUS 的手機比 Apple 的手機便宜。
>
> 2. アメリカは日本 ＿＿＿＿ 人 ＿＿＿＿＿ です。
>
>   美國人口比日本人口還多。
>
>   ①より;はおおい 　②と;がおおい 　③より;がおおい
>
> 3. 高雄比台北熱。
>
>   ＿＿＿＿＿＿＿＿＿＿＿＿＿＿＿＿＿＿＿＿＿

04 Aと Bと どちらが い / な形容詞 ですか 　　　A 和 B 哪個比較〜

1. A：ジュースとコーヒーとどちらが好きですか。

   B：コーヒーのほうが好きです。

   　どちらも好きです。

2. A：春と秋とどちらが涼しいですか。

   B：秋のほうが涼しいです。

   　どちらも涼しいです。

1. A:タイ ＿＿＿ 台湾 ＿＿＿＿＿＿＿＿＿＿＿＿＿＿＿＿。

   泰國和台灣，哪邊比較熱?

   B:タイ ＿＿＿＿＿＿＿＿ 暑いです。　　　泰國比較熱。

   ＿＿＿＿＿＿＿＿＿＿ 暑いです。　　　兩邊都很熱。

2. A:クレヨンしんちゃんとワンピースとどちらがおもしろいですか。

   蠟筆小新和航海王哪個比較有趣?

   B:＿＿＿＿＿＿＿＿ おもしろいです。　　蠟筆小新比較有趣。

   ＿＿＿＿＿＿＿＿＿ おもしろいです。　　兩個都有趣。

   ①クレヨンしんちゃんのほうが；どちらも

   ②クレヨンしんちゃんほうが；どちらも

   ③どちらも；クレヨンしんちゃんのほうが

3. A:幸子小姐和伊藤小姐誰比較漂亮? ＿＿＿＿＿＿＿＿＿＿＿＿

   B:伊藤小姐比較漂亮。 ＿＿＿＿＿＿＿＿＿＿＿＿＿＿

   兩位都漂亮。 ＿＿＿＿＿＿＿＿＿＿＿＿＿＿＿＿＿

05 ～(の中)で　～が　一番　い / な形容詞　ですか

在～(範圍)中，什麼最～?

1. A:日本料理の中で何が一番おいしいですか。

   B:すき焼きが一番おいしいです。

2. A:友達の中で誰が一番好きですか。

   B:陳さんが一番好きです。

3. A:1年の中でいつが一番暑いですか。

   B:夏が一番暑いです。

〈 ぶんけい 文型 〉

4. A: 日本でどこが一番きれいですか。

   B: 京都が一番きれいです。

れんしゅう

1. A: 中華料理 ＿＿＿＿＿＿＿＿＿＿＿＿＿＿＿ ですか。

   中華料理中什麼菜最好吃?

   B: 餃子が ＿＿＿＿＿＿＿＿ です。　　　餃子最好吃。

2. A: 台湾の芸能人 ＿＿＿＿＿＿＿＿＿ ですか。

   台灣藝人中誰最有名?

   B: メーデーが一番有名です。　　　五月天最有名。

   ①のなかでなにがいちばんゆうめい

   ②だれがいちばんゆうめ

   ③のなかでだれがいちばんゆうめい

3. A: 一年中，什麼時候最冷? ＿＿＿＿＿＿＿＿＿＿＿＿＿＿

   B: 冬天最冷。＿＿＿＿＿＿＿＿＿＿＿＿＿＿＿＿＿＿

会話

奈良と京都

コウ：奈良はきれいな町ですね。

中谷：そうですね。

コウ：奈良は京都より静かですね。

中谷：京都と奈良と、どちらが好きですか。

コウ：どちらも好きです。

中谷：私もです。

コウ：先週、母が日本へ来ました。母は京都や奈良より大阪が好きです。

中谷：どうしてですか？

コウ：母は日本料理の中でたこ焼きが一番好きですから。

中谷：ははは。コウさんは日本料理の中で何が一番好きですか。

コウ：そうですね。ラーメンが一番好きです。

12

だいじゅうにか　第十二課

まとめ問題

1. 中国は台湾 ＿＿＿＿＿＿ です。　　　　　　　　　　　　　　中國比台灣大。

　①よりおおきい　　②のほうがちいさい　　③よりおきい

2. iPhone 6 と iPhone 6s ＿＿＿＿＿＿ ですか。

　iPhone 6 和 iPhone6s 哪個比較新？

　①とどちらがあたらしい　　②どちらもあたらしい　　③とちらがふるい

3. A:醤油ラーメン ＿＿ 味噌ラーメン ＿＿＿＿＿＿＿＿＿＿＿＿＿＿＿。

　醬油拉麵和味噌拉麵哪個比較好吃？

　B:味噌ラーメン ＿＿＿＿＿＿＿＿＿＿＿＿＿＿＿。　　味噌拉麵比較好吃。

　　＿＿＿＿＿＿＿＿＿＿＿＿＿＿＿＿＿。　　兩個都好吃。

4. A:言葉 ＿＿＿＿＿＿＿＿＿＿＿＿＿＿＿＿ ですか。　　語言中，哪一種最簡單？

　B:中国語 ＿＿＿＿＿＿＿＿＿＿＿＿ です。　　中文最簡單。

5. 王小姐比我忙。＿＿＿＿＿＿＿＿＿＿＿＿＿＿＿＿＿＿＿＿＿

6. 公司裡誰最有趣？＿＿＿＿＿＿＿＿＿＿＿＿＿＿＿＿＿＿＿＿＿

1. ＿＿＿＿のことばはひらがな、かたかな、漢字でどう書きますか。

① ラーメンは<u>ぱん</u>よりおいしいです。

　1. パン　2. ピン　3. ペン　4. ポン

② <u>あき</u>は涼しいです。

　1. 春　2. 夏　3. 秋　4. 冬

③ このラーメンは<u>からい</u>です。

　1. 多い　2. 少ない　3. 辛い　4. 近い

④ 昨日は<u>雨</u>でした。

　1. ゆき　2. つゆ　3. ふゆ　4. あめ

⑤ 東京は京都より人が<u>多い</u>です。

　1. とおい　2. ちかい　3. おおい　4. すくない

2. 下の表に形容詞、名詞を書いてください。

（寒い、簡単、きれい、親切、雨、学生）

	現在／未来	過去
肯定	例：安いです	例：安かったです
否定	例：安くないです	例：安くなかったです

3. (　　) の中から正しいものを選んでください。

① 今 (忙しい、忙しかった) ですか。

② 昨日は (暑いでした、暑かったです)。

③ りんごはみかん (より、どちら) おいしいです。

④ 肉と魚と (より、どちら) が好きですか。

⑤ 中華料理の (中で、中に) 何が一番好きですか。

4. 音声を聞いて _____ に書いてください。

① _____ 。

② _____ 。

③ _____ 。

★ 複習解答請参照 P.170。

附　錄

ふろく

ふろく

01 年齢

1歳	2歳	3歳	4歳	5歳
いっさい	にさい	さんさい	よんさい	ごさい
6歳	**7歳**	**8歳**	**9歳**	**10歳**
ろくさい	ななさい	はっさい	きゅうさい	じゅっさい / じっさい
11歳	**12歳**	**13歳**	**14歳**	**15歳**
じゅういっさい	じゅうにさい	じゅうさんさい	じゅうよんさい	じゅうごさい
16歳	**17歳**	**18歳**	**19歳**	**20歳**
じゅうろくさい	じゅうななさい	じゅうはっさい	じゅうきゅうさい	はたち
21歳				
にじゅういっさい				

02 數字 0~100

0	れい / ゼロ	10	じゅう	20	にじゅう
1	いち	11	じゅういち	30	さんじゅう
2	に	12	じゅうに	40	よんじゅう
3	さん	13	じゅうさん	50	ごじゅう
4	し / よん	14	じゅうよん / じゅうし	60	ろくじゅう
5	ご	15	じゅうご	70	ななじゅう / しちじゅう
6	ろく	16	じゅうろく	80	はちじゅう
7	しち / なな	17	じゅうなな / じゅうしち	90	きゅうじゅう
8	はち	18	じゅうはち	100	ひゃく
9	きゅう / く	19	じゅうきゅう / じゅうく		

03 數字 100 以上

100	ひゃく	1000	せん	10,000	いちまん
200	にひゃく	2000	にせん	100,000	じゅうまん
300	さんびゃく	3000	さんぜん	1,000,000	ひゃくまん
400	よんひゃく	4000	よんせん	10,000,000	いっせんまん
500	ごひゃく	5000	ごせん	100,000,000	いちおく
600	ろっぴゃく	6000	ろくせん	17.5	じゅうななてんご
700	ななひゃく	7000	ななせん	0.71	れいてんなないち
800	はっぴゃく	8000	はっせん	1/2	にぶんのいち
900	きゅうひゃく	9000	きゅうせん	3/4	よんぶんのさん

「1 → 10」從 1 開始的唸法

いち　に　さん　し　ご　ろく　しち　はち　きゅう　じゅう

「10 → 1」從 10 開始的唸法

じゅう　きゅう　はち　なな　ろく　ご　よん　さん　に　いち

電話號碼的念法

例：2579－3056　にいごおななきゅうのさんれいごおろく

房間號碼的念法

例：308号室　さんまるはちごうしつ

04 時間

1 時	いちじ	6 時	ろくじ	11 時	じゅういちじ
2 時	にじ	7 時	しちじ	12 時	じゅうにじ
3 時	さんじ	8 時	はちじ	0 時	れいじ
4 時	よじ	9 時	くじ	何時	なんじ
5 時	ごじ	10 時	じゅうじ		

1 分	いっぷん	6 分	ろっぷん	11 分	じゅういっぷん
2 分	にふん	7 分	ななふん	12 分	じゅうにふん
3 分	さんぷん	8 分	はっぷん	30 分	さんじゅっぷん / さんじっぷん
4 分	よんぷん	9 分	きゅうふん	半	はん
5 分	ごふん	10 分	じゅっぷん / じっぷん	何分	なんぷん

05 月分

1 月	いちがつ	6 月	ろくがつ	11 月	じゅういちがつ
2 月	にがつ	7 月	しちがつ	12 月	じゅうにがつ
3 月	さんがつ	8 月	はちがつ	何月	なんがつ
4 月	しがつ	9 月	くがつ		
5 月	ごがつ	10 月	じゅうがつ		

06 其他表示時間的詞語

おととい 一昨日 前天	きのう 昨日 昨天	きょう 今日 今天	あした 明日 明天	あさって 明後日 後天	まいにち 毎日 毎天
おととい あさ 一昨日の朝 前天早上	きのう あさ 昨日の朝 昨天早上	けさ 今朝 今早	あした あさ 明日の朝 明天早上	あさって あさ 明後日の朝 後天早上	まいあさ 毎朝 毎天早上
おととい ばん よる 一昨日の晩(夜) 前天晩上	ゆうべ 昨晩	こんばん 今晩 今晩	あした ばん 明日の晩 明天晩上	あさって ばん 明後日の晩 後天晩上	まいばん 毎晩 毎天晩上
せんせんしゅう 先々週 上上週	せんしゅう 先週 上週	こんしゅう 今週 本週	らいしゅう 来週 下週	さらいしゅう 再来週 下下週	まいしゅう 毎週 毎週
せんせんげつ 先々月 上上個月	せんげつ 先月 上個月	こんげつ 今月 本月	らいげつ 来月 下個月	さらいげつ 再来月 下下個月	まいつき 毎月 毎個月
おととし 一昨年 前年	きょねん 去年 去年	ことし 今年 今年	らいねん 来年 明年	さらいねん 再来年 後年	まいとし 毎年 毎年

07 日期

一	二	三	四	五	六	日
月曜日 げつようび	火曜日 かようび	水曜日 すいようび	木曜日 もくようび	金曜日 きんようび	土曜日 どようび	日曜日 にちようび
1 ついたち	2 ふつか	3 みっか	4 よっか	5 いつか	6 むいか	7 なのか
8 ようか	9 このか	10 とおか	11 じゅういちにち	12 じゅうににち	13 じゅうさんにち	14 じゅうよっか
15 じゅうごにち	16 じゅうろくにち	17 じゅうしちにち	18 じゅうはちにち	19 じゅうくにち	20 はつか	21 にじゅういちにち
22 にじゅうににち	23 にじゅうさんにち	24 にじゅうよっか	25 にじゅうごにち	26 にじゅうろくにち	27 にじゅうしちにち	28 にじゅうはちにち
29 にじゅうくにち	30 さんじゅうにち	31 さんじゅういちにち				

コーラの豆知識

痱子粉的日文是什麼？

　　前陣子台灣怎麼也不下雨，天氣每天飆高溫，據說在 5 月時就有人熱到背部長痱子，很不舒服。

　　在日文中「痱子」講「汗疹（あせも）」，它是指大量流汗後背部長出的溼疹，常發於小孩身上。也許痱子的剋星就是「痱子粉」，因此最早「痱子粉」講「汗知らず（あせしらず）」，作為一個商標，這是個非常有趣的名字。

　　不過在現代，「痱子粉」日本人通常講「天花粉（てんかふん）」，或「ベビーパウダー」，所以「汗知らず（あせしらず）」這個說法似乎已經沒人使用了。

ふろく　附録

08 期間

（～分鐘） 何分（な**ん**ぷ**ん**）

1分	2分	3分	4分	5分
いっぷん	**に**ふん	**さ**んぷん	**よ**んぷん	**ご**ふん
6分	7分	8分	9分	10分
ろっぷん	**な**な ふん	**は**っぷん	**きゅ**うふん	**じゅ**っぷん／**じ**っぷん

（～個小時） 何時間（な**ん**じ かん）

1時間	2時間	3時間	4時間	5時間
いち じ かん	**に**じ かん	**さ**んじ かん	**よ**じ かん	**ご**じ かん
6時間	7時間	8時間	9時間	10時間
ろくじ かん	**な**なじ かん／**し**ちじ かん	**は**ちじ かん	**く**じ かん	**じゅ**うじ かん

（～天） 何日（な**ん**にち）

1天	**い**ちにち 1日	6天	**む**いか 6日	14天	**じゅ**うよっか 14日
2天	**ふ**つか 2日	7天	**な**のか 7日	20天	**は**っ か 20日
3天	**み**っか 3日	8天	**よ**うか 8日	24天	**に**じゅうよっか 24日
4天	**よ**っか 4日	9天	**こ**このか 9 日	～天	**に**ち ～日
5天	**い**つか 5日	10天	**と**おか 10日		

（～個星期間）

何週間（なん しゅ うかん）

1 週間	2 週間	3 週間	4 週間	5 週間
いっ しゅ うかん	に しゅ うかん	さん しゅ うかん	よん しゅ うかん	ご しゅ うかん
6 週間	7 週間	8 週間	9 週間	10 週間
ろ くしゅ うかん	ななしゅ うかん	は っしゅ うかん	きゅ うしゅ うかん	じゅ っしゅ うかん／じ っしゅ うかん

（～個月）

何か月（なん か げつ）

1 か月	2 か月	3 か月	4 か月	5 か月
い っかげつ	に かげつ	さん かげつ	よん かげつ	ご かげつ
6 か月	7 か月	8 か月	9 か月	10 か月
ろ っかげつ／は んとし	ななかげつ	は ちかげつ／は っかげつ	きゅ うかげつ	じゅ っか げつ／じ っかげつ

（～年）

何年（なん ねん）

1 年	2 年	3 年	4 年	5 年
い ちねん	に ねん	さんねん	よねん	ご ねん
6 年	7 年	8 年	9 年	10 年
ろ くねん	な なねん／し ちねん	は ちねん	きゅ うねん	じゅ うねん

09 各種量詞

單位	～つ	～人（にん）	～台（だい）
使用對象	物品	人	機械、車輛、電腦等
1	ひとつ	ひとり	いちだい
2	ふたつ	ふたり	にだい
3	みっつ	さんにん	さんだい
4	よっつ	よにん	よんだい
5	いつつ	ごにん	ごだい
6	むっつ	ろくにん	ろくだい
7	ななつ	ななにん / しちにん	ななだい
8	やっつ	はちにん	はちだい
9	ここのつ	きゅうにん	きゅうだい
10	とお	じゅうにん	じゅうだい
？	いくつ	なんにん	なんだい

單位	～枚（まい）	～冊（さつ）	～本（ほん）
使用對象	紙張、衣服、郵票等 薄型物品類	書本、雜誌等 書籍刊物	瓶子、原子筆、雨傘等 細長物品
1	いちまい	いっさつ	いっぽん
2	にまい	にさつ	にほん
3	さんまい	さんさつ	さんぼん
4	よんまい	よんさつ	よんほん
5	ごまい	ごさつ	ごほん
6	ろくまい	ろくさつ	ろっぽん
7	ななまい	ななさつ	ななほん
8	はちまい	はっさつ	はっぽん / はちほん
9	きゅうまい	きゅうさつ	きゅうほん
10	じゅうまい	じゅっさつ	じゅっぽん / じっぽん
？	なんまい	なんさつ	なんぼん

單位	~杯（はい）	~個（こ）	~頭（とう）
使用對象	用杯子裝的水、飲料等	小物品	馬、牛等比狗還大的動物
1	いっぱい	いっこ	いっとう
2	にはい	にこ	にとう
3	さんばい	さんこ	さんとう
4	よんはい	よんこ	よんとう
5	ごはい	ごこ	ごとう
6	ろっぱい	ろっこ	ろくとう
7	ななはい	ななこ	ななとう
8	はっぱい	はっこ	はっとう
9	きゅうはい	きゅうこ	きゅうとう
10	じゅっぱい / じっぱい	じゅっこ	じゅっとう
?	なんばい	なんこ	なんとう

單位	~匹（ひき）	~階（かい）	~回（かい）	~番（ばん）
使用對象	狗、貓等小動物	樓層	頻率	順序
1	いっぴき	いっかい	いっかい	いちばん
2	にひき	にかい	にかい	にばん
3	さんびき	さんがい	さんかい	さんばん
4	よんひき	よんかい	よんかい	よんばん
5	ごひき	ごかい	ごかい	ごばん
6	ろっぴき	ろっかい	ろっかい	ろくばん
7	ななひき	ななかい	ななかい	ななばん
8	はっぴき	はっかい	はっかい	はちばん
9	きゅうひき	きゅうかい	きゅうかい	きゅうばん
10	じゅっぴき / じっぴき	じゅっかい / じっかい	じゅっかい / じっかい	じゅうばん
?	なんびき	なんがい	なんかい	なんばん

10 疑問詞用法

問	疑問詞	例文
物品	何 _{なん}	A：これ は 「何」 ですか。 B：それ は 「カメラ」 です。
人	誰	A：あの人 は 「誰」 ですか。 B：あの人 は 「田中さん」 です。
地點	どこ	A：ここ は 「どこ」 ですか。 B：ここ は 「受付」 です。
時間	何時何分	A：今 は 「何時 (何分)」 ですか。 B：今 は 「午後 7 時 21 分」 です。
時間 (事件)	いつ	A：誕生日 は 「いつ」 ですか。 B：誕生日 は 「7 月 11 日」 です。
星期幾	何曜日	A：今日 は 「何曜日」 ですか。 B：今日 は 「火曜日」 です。

11 時間に V ます

加 「に」	明日　8 時に　起きます。 昨日　12 時に　寝ました。 7 月 10 日に　日本へ　来ました。 8 月 23 日に　台湾へ　帰ります。
不可加 「に」	毎朝に　牛乳を　飲みます。 先週に　高雄へ　行きました。 今月に　サッカーを　します。 来年に　家族と　台南へ　行きます。

12 形容詞 / 名詞時態變化

現在未來肯定	現在未來否定 (ないです＝ありません)	過去肯定	過去否定 (なかったです＝ ありませんでした)
い形容詞			
おいしいです	おいしくないです	おいしかったです	おいしくなかったです
暑いです	暑くないです	暑かったです	暑くなかったです
高いです	高くないです	高かったです	高くなかったです
いいです	よくないです	よかったです	よくなかったです
寒いです	寒くないです	寒かったです	寒くなかったです
おもしろいです	おもしろくないです	おもしろかったです	おもしろくなかったです
な形容詞			
元気です	元気ではないです	元気でした	元気ではなかったです
静かです	静かではないです	静かでした	静かではなかったです
にぎやかです	にぎやかではないです	にぎやかでした	にぎやかではなかったです
親切です	親切ではないです	親切でした	親切ではなかったです
有名です	有名ではないです	有名でした	有名ではなかったです
暇です	暇ではないです	暇でした	暇ではなかったです
名詞			
先生です	先生ではないです	先生でした	先生ではなかったです
水曜日です	水曜日ではないです	水曜日でした	水曜日ではなかったです
20歳です	20歳ではないです	20歳でした	20歳ではなかったです
学生です	学生ではないです	学生でした	学生ではなかったです
夏休みです	夏休みではないです	夏休みでした	夏休みではなかったです
雨です	雨ではないです	雨でした	雨ではなかったです

（※では也可換成じゃ）

コーラの豆知識

如花似玉的日本美人

　　日語裡的「大和撫子（やまとなでしこ）」是用來稱讚日本女性溫柔而剛強的美感，而「立（た）てば芍薬（しゃくやく）座（すわ）れば牡丹（ぼたん）歩（ある）く姿（すがた）は百合（ゆり）の花（はな）」則是用來形容日本女生如花似玉。

　　據說日本人認為；芍薬在站立時觀看最美，而牡丹則從坐著角度去觀看最動人，百合花則是邊走邊看最美，因此「立（た）てば芍薬（しゃくやく）座（すわ）れば牡丹（ぼたん）歩（ある）く姿（すがた）は百合（ゆり）の花（はな）」就被用來形容日本女性如花似玉之美。

ふろく　附錄

ちゅうごくごやく

第1課　初次見面

(在打工的店相遇)
中谷：初次見面，我是中谷。
黃　：初次見面，我姓黃。
中谷：黃小姐是韓國人嗎？
黃　：不是，我不是韓國人，我是臺灣人。
中谷：這樣啊。我是梅花大學的學生。你是學生嗎？
黃　：是，我也是梅花大學的學生。
中谷：請多多指教。
黃　：請多多指教。

第2課　在圖書館

中谷：黃小姐，妳好，那是什麼呢？
黃　：妳好，這是雜誌。
中谷：是中文的呢。這是什麼雜誌呢？
黃　：這是（有關）包包的雜誌。
中谷：誰的雜誌呢？
黃　：這是我的。
中谷：那本雜誌是日文的呢。是黃小姐的雜誌嗎？
　　　還是圖書館的雜誌呢？
黃　：這是圖書館的雜誌，是（有關）鞋子的雜誌
　　　喔！
中谷：這樣啊。

第3課　百貨公司

黃　：不好意思，這裡是百貨公司的櫃檯嗎？
櫃檯：是的，沒錯。
黃　：請問鞋子賣場在哪裡呢？
櫃檯：鞋子賣場在3樓。
黃　：謝謝您。
黃　：這是意大利的嗎？
店員：是，那個是意大利的鞋子。
黃　：多少錢呢？
店員：那個是50000日元。
黃　：這個多少錢呢？

店員：是75000日元。
黃　：……請問洗手間在哪裡呢？
店員：洗手間在那邊。

第4課　工作

黃　：中谷小姐，妳好。
中谷：黃小姐，妳好。
黃　：今天要工作嗎？
中谷：是的，黃小姐今天也要工作嗎？
黃　：不是，我昨天工作過了。
中谷：這樣啊。
黃　：今天從幾點工作到幾點呢？
中谷：下午5點到10點。每週二和週四要工作。
　　　啊，現在幾點了呢？
黃　：3點40分。但是今天是星期三喔。
中谷：啊！

第5課　騎腳踏車去

(中谷小姐和黃小姐居住在大阪)
中谷：星期天去了哪裡呢？
黃　：去了京都。
中谷：和誰去呢？
黃　：和朋友去。
中谷：這樣啊，是坐電車去的嗎？
黃　：是的，坐電車和地鐵去的。
中谷：去年，我和朋友騎腳踏車去了（京都）。
黃　：騎腳踏車！？
中谷：我的朋友騎腳踏車去過東京喔。
黃　：去東京！？
中谷：是的，我是坐公車去過東京喔。
黃　：哈哈哈，我會坐新幹線去……。

第6課　一起看電影吧

中谷：黃小姐，明天是星期六呢。
黃　：是呢。
中谷：要做什麼呢？
黃　：什麼都不做，啊，要打掃家裡。
中谷：明天我會和岩崎小姐看電影。黃小姐要不
　　　要一起去呢。
黃　：好啊。

152

中谷：然後一起在岩崎家吃晚餐吧！

黃　：好喔，電影是幾點開始呢？

中谷：3 點半開始。2 點先在車站見吧！

黃　：我知道了。

第 7 課　教我吧

中谷：黃小姐，這個好好吃喔。「おいしい」的中
　　　文是什麼呢？

黃　：是「好吃」。

中谷：好吃！

黃　：我跟媽媽學做菜的，之後自己看書學習。

中谷：這樣啊。

黃　：這本書給中谷小姐妳吧！

中谷：咦？這本書妳已經看完了嗎？

黃　：是的，看完了。

中谷：但是，這本書是中文的呢。

黃　：我可以教妳喔！

第 8 課　日本的生活

大學職員：黃小姐，日本的生活怎麼樣呢？

黃　：日本很乾淨，還很方便。但是，蔬菜不是很
　　　便宜。

大學職員：這樣啊，那大學怎麼樣呢？

黃　：雖然很忙，但是很開心。上週，我和朋友去
　　　了京都。

大學職員：真好，奈良已經去過了嗎？

黃　：不，還沒，奈良是什麼樣的城市呢？

大學職員：是一個古城，而且很安靜唷！

黃　：這樣啊！我下週去。

第 9 課　喜歡什麼料理呢？

黃　：中谷小姐喜歡什麼料理呢？

中谷：我喜歡日本料理。

黃　：很好吃，所以我也喜歡。

中谷：暑假，一起去我老家吧！我媽媽很會做菜。

黃　：不錯耶，但是 ...

中谷：怎麼了嗎？忙嗎？

黃　：不是，我雖然有時間，但是我不太懂日文。

中谷：黃小姐的日文很好喔。

黃　：是嗎？謝謝。

第 10 課　這裡

黃　：中谷小姐，妳在哪裡呢？

中谷：我在隔壁的房間，現在過去。

黃　：魚在哪裡呢？

中谷：魚在桌子上喔。

黃　：沒有耶。

中谷：啊，魚在白菜的下面。

黃　：現在開始做菜囉！冰箱裡有什麼呢？

中谷：有胡蘿蔔和青椒之類的。啊，那裡有隻貓。

黃　：咦？在哪裡？

中谷：喵喵，這裡。

第 11 課　用電影學習

岩崎：黃小姐，妳好。

黃　：妳好，你要去哪裡呢？

岩崎：看電影。

黃　：岩崎小姐很喜歡電影呢，妳 1 個月看幾次
　　　呢？

岩崎：1 個月看 3 次，昨天在家看了 3 部電影。

黃　：真厲害，是日本的電影嗎？

岩崎：對，但是我也喜歡美國的電影，用電影學英
　　　文。

黃　：哈哈哈，這週學了幾小時英文呢？

岩崎：學了 12 小時。

第 12 課　奈良和京都

黃　：奈良是一個美麗的城市呢。

中谷：是呢。

黃　：奈良比京都安靜呢。

中谷：京都和奈良，妳喜歡哪一個呢？

黃　：兩個都喜歡。

中谷：我也是。

黃　：上週，我媽媽來日本了，她比起京都、奈良
　　　等，更喜歡大阪。

中谷：為什麼呢？

黃　：因為母親在日本料理裡最喜歡章魚燒。

中谷：哈哈哈，黃小姐在日本料理裡最喜歡什麼
　　　呢？

黃　：嗯，最喜歡拉麵。

ちゅうごくごやく　中文翻譯

動詞變化表

どうしのかつよう

現在 / 未來肯定	現在 / 未來否定	過去肯定	過去否定
会います	会いません	会いました	会いませんでした
あげます	あげません	あげました	あげませんでした
あります	ありません	ありました	ありませんでした
歩きます	歩きません	歩きました	歩きませんでした
行きます	行きません	行きました	行きませんでした
います	いません	いました	いませんでした
起きます	起きません	起きました	起きませんでした
送ります	送りません	送りました	送りませんでした
教えます	教えません	教えました	教えませんでした
終わります	終わりません	終わりました	終わりませんでした
買います	買いません	買いました	買いませんでした
帰ります	帰りません	帰りました	帰りませんでした
かかります	かかりません	かかりました	かかりませんでした
書きます	書きません	書きました	書きませんでした
かけます	かけません	かけました	かけませんでした
貸します	貸しません	貸しました	貸しませんでした
借ります	借りません	借りました	借りませんでした
聞きます	聞きません	聞きました	聞きませんでした
切ります	切りません	切りました	切りませんでした
来ます	来ません	来ました	来ませんでした
仕事します	仕事しません	仕事しました	仕事しませんでした
します	しません	しました	しませんでした
吸います	吸いません	吸いました	吸いませんでした
掃除します	掃除しません	掃除しました	掃除しませんでした
食べます	食べません	食べました	食べませんでした
違います	違いません	違いました	違いませんでした
できます	できません	できました	できませんでした
撮ります	撮りません	撮りました	撮りませんでした
習います	習いません	習いました	習いませんでした
寝ます	寝ません	寝ました	寝ませんでした
飲みます	飲みません	飲みました	飲みませんでした
始まります	始まりません	始まりました	始まりませんでした
働きます	働きません	働きました	働きませんでした
勉強します	勉強しません	勉強しました	勉強しませんでした
見ます	見ません	見ました	見ませんでした
もらいます	もらいません	もらいました	もらいませんでした
休みます	休みません	休みました	休みませんでした
読みます	読みません	読みました	読みませんでした
分かります	分かりません	分かりました	分かりませんでした

～ませんか	～ましょう	中譯	課
会いませんか	会いましょう	見面	6
あげませんか	あげましょう	給	7
ありませんか		有、在	6、9
歩きませんか	歩きましょう	走路	5
行きませんか	行きましょう	去	5
	いましょう	有、在	9
起きませんか	起きましょう	起床；發生	4
送りませんか	送りましょう	送	7
教えませんか	教えましょう	教	7
終わりませんか	終わりましょう	結束	4
買いませんか	買いましょう	買	6
帰りませんか	帰りましょう	回	5
		花（時間、金錢）	11
書きませんか	書きましょう	寫	6
かけませんか	かけましょう	打（電話）、戴	7
貸しませんか	貸しましょう	借出	7
借りませんか	借りましょう	借入	7
聞きませんか	聞きましょう	聽、問	6
切りませんか	切りましょう	剪、切	7
来ませんか	来ましょう	來	5
仕事しませんか	仕事しましょう	工作	4
しませんか	しましょう	做	6
吸いませんか	吸いましょう	吸、抽	6
掃除しませんか	掃除しましょう	打掃	6
食べませんか	食べましょう	吃	6
		不是	2
		能、會	9
撮りませんか	撮りましょう	拍	6
習いませんか	習いましょう	學習	7
寝ませんか	寝ましょう	睡覺	4
飲みませんか	飲みましょう	喝	6
		開始	4
働きませんか	働きましょう	工作	4
勉強しませんか	勉強しましょう	學習	4
見ませんか	見ましょう	看	6
もらいませんか	もらいましょう	得到	7
休みませんか	休みましょう	休息	4
読みませんか	読みましょう	讀	6
		知道、明白	9

どうしのかつよう　動詞變化表

さくいん 索引

編號	單字	漢字	課數
	こ		
155	～こ	～個	11
156	～ご	～語	2
157	こうえん	公園	6
158	コーヒー		6
159	ここ		3
160	ごご	午後	4
161	ごしゅじん	ご主人	9
162	ごぜん	午前	4
163	こちら		3
164	ことし	今年	5
165	こども	子ども	7
166	この		2
167	ごはん	ご飯	6
168	これ		2
169	これから		7
170	こんげつ	今月	5
171	こんしゅう	今週	5
172	こんばん	今晩	4
173	コンビニ		10
	さ		
174	さかな	魚	10
175	～さつ	～冊	11
176	ざっし	雑誌	2
177	さむい	寒い	8
178	さようなら		7
179	～さん		1
	し		
180	じかん	時間	9
181	しごとします	仕事します	4
182	しずか (な)	静か (な)	8
183	した	下	10
184	じてんしゃ	自転車	5
185	じどうしゃ	自動車	2
186	します		6
187	じむしょ	事務所	3
188	しゃいん	社員	1
189	しゃしん	写真	6
190	ジュース		6
191	しゅくだい	宿題	6
192	しゅじん	主人	9
193	じょうず (な)	上手 (な)	9
194	しょくいん	職員	8

編號	單字	漢字	課數
195	しょくぎょう	職業	1
196	～じん	～人	1
197	しんかんせん	新幹線	5
198	しんせつ (な)	親切 (な)	8
199	しんぶん	新聞	2
	す		
200	すいます	吸います	6
201	スーパー		5
202	すき (な)	好き (な)	9
203	すきやき	すき焼き	12
204	すくない	少ない	12
205	すごい		11
206	すこし	少し	9
207	すずしい	涼しい	12
208	ずっと		12
209	すみません		1
	せ		
210	せいかつ	生活	8
211	せんげつ	先月	5
212	せんしゅう	先週	5
213	せんせい	先生	1
214	ぜんぜん	全然	9
	そ		
215	ぞう	象	10
216	ぞうきん	雑巾	6
217	そうじします	掃除します	6
218	そうです		1
219	そうですか		2
220	そこ		3
221	そちら		3
222	その		2
223	それ		2
224	それから		7
	た		
225	タイ		1
226	～だい	～台	11
227	たいいく	体育	1
228	だいがく	大学	1
229	だいたい	大体	9
230	たいてい	大抵	9
231	たかい	高い	8
232	たくさん		9
233	タクシー		5

さくいん　索引

159

編號	單字	漢字	課數
314	にく	肉	6
315	にほん	日本	1
316	にほんご	日本語	2
317	にほんりょうり	日本料理	9
318	～にん	～人	11
319	にんじん	人参	10
	ね		
320	ねこ	猫	10
321	ねます	寝ます	4
	の		
322	ノート		2
323	のみます	飲みます	6
	は		
324	～はい	～杯	11
325	はい		1
326	バイク		5
327	はくさい	白菜	10
328	はこ	箱	10
329	はさみ		7
330	はし	箸	7
331	はじまります	始まります	4
332	はじめまして	初めまして	1
333	バス		5
334	パソコン		7
335	はたらきます	働きます	4
336	はな	花	7
337	はなや	花屋	10
338	はる	春	12
339	はれ	晴れ	12
340	パン		12
341	ばん / よる	晩 / 夜	4
342	ばんごはん	晩ご飯	6
343	ハンサム (な)		8
	ひ		
344	ひ	日	9
345	ピーマン		10
346	ビール		6
347	～ひき	～匹	11
348	ひくい	低い	8
349	ひこうき	飛行機	5
350	ひだり	左	10
351	ひと	人	7
352	ひま (な)	暇 (な)	8

編號	單字	漢字	課數
353	びょういん	病院	1
354	ひらがな	平仮名	9
355	ひる	昼	4
356	ビル		10
357	ひるごはん	昼ご飯	6
	ふ		
358	ファックス		7
359	ふじさん	富士山	8
360	ふね	船	5
361	ふゆ	冬	12
362	フランス		1
363	ふるい	古い	8
	へ		
364	へた (な)	下手 (な)	9
365	へや	部屋	10
366	ペン		2
367	べんきょうします	勉強します	4
368	べんり (な)	便利 (な)	8
	ほ		
369	ポスト		10
370	ほっかいどう	北海道	地圖
371	～ほん	～本	11
372	ほん	本	2
373	ほんだな	本棚	10
374	ほんや	本屋	10
	ま		
375	～まい	～枚	11
376	まいあさ	毎朝	4
377	まいしゅう	毎週	5
378	まいつき	毎月	5
379	まいとし／まいねん	毎年	5
380	まいにち	毎日	4
381	まいばん	毎晩	4
382	まえ	前	10
383	マクドナルド		10
384	まだです		7
385	まち	町	8
386	～まで		4
387	まど	窓	10
	み		
388	みかん		7
389	みぎ	右	10
390	みます	見ます	6

さくいん 索引

コーラの豆知識

考生們你們都吃了 KitKat 了嗎？

　　大家都有沒注意到，很多日本的學生，在考試前都會買「KitKat」的巧克力吃，這究竟是為什麼呢？原來這是一個「語呂合わせ」，也就是「諧音」所產生的風趣。

　　由於「KitKat」的日文唸起來是「キットカット」，這剛好是「一定會過關」，也就是「きっと勝つ」的意思。也因此對考生而言，「KitKat」是考試的吉祥食物，考前只要吃「KitKat」，任何考題「應該」都能迎刃而解（吧？）。

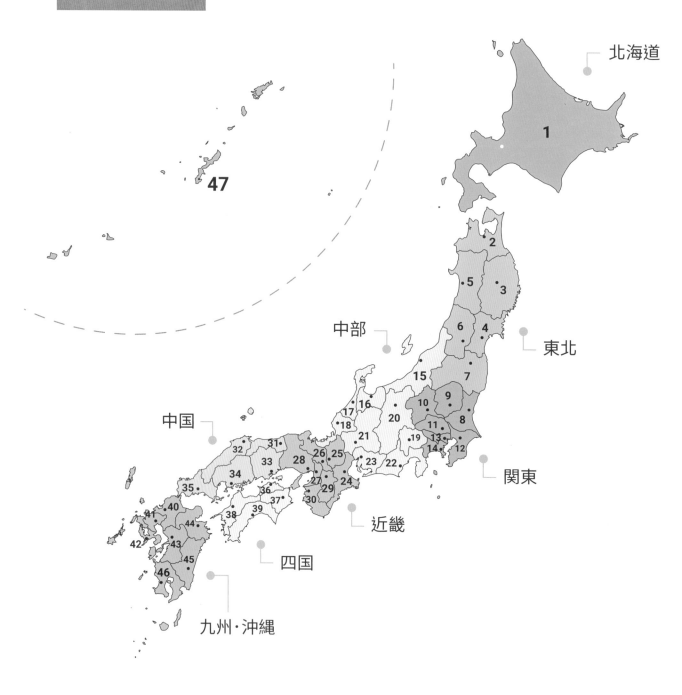

北海道

1

47

2

5

3

6

4

中部

15

7

東北

中国

16

9

10

8

17

20

11

21

13

12

31

32

26

25

19

14

関東

33

28

23

22

27

24

34

36

29

35

37

30

近畿

41

40

38

39

44

42

43

四国

45

46

九州・沖縄

島嶼	地方	都道府県
北海道	北海道地方	1. 北海道 (札幌市)
本州	東北地方	2. 青森県 3. 岩手県 (盛岡市) 4. 宮城県 (仙台市) 5. 秋田県 6. 山形県 7. 福島県
	関東地方	8. 茨城県 (水戸市) 9. 栃木県 (宇都宮市) 10. 群馬県 (前橋市) 11. 埼玉県 (さいたま市) 12. 千葉県 13. 東 京 都 (東京) 14. 神奈川県 (横浜市)
	中 部地方	15. 新潟県 16. 富山県 17. 石川県 (金沢市) 18. 福井県 19. 山梨県 (甲府市) 20. 長野県 21. 岐阜県 22. 静岡県 23. 愛知県 (名古屋市)
	近畿地方	24. 三重県 (津市) 25. 滋賀県 (大津市) 26. 京都府 27. 大阪府 28. 兵庫県 (神戸市) 29. 奈良県 30. 和歌山県
	中 国地方	31. 鳥取県 32. 島根県 (松江市) 33. 岡山県 34. 広島県 35. 山口県
四国	四国地方	36. 香川県 (高松市) 37. 徳島県 38. 愛媛県 (松山市) 39. 高知県
九 州・	九 州・	40. 福岡県 41. 佐賀県 42. 長崎県 43. 熊本県 44. 大分県
沖縄	沖縄地方	45. 宮崎県 46. 鹿児島県 47. 沖縄県 (那覇市)

1 都 1 道 2 府 43 県

註：（　）內是不同於縣名的縣政府所在地。

にほんちず　日本地圖

答え

01

文型一
1. は；です
2. ②
3. あの人はアメリカ人です。

文型二
1. は；ではありません
2. ①
3. 伊藤さんは学生ではありません。

文型三
1. は；ですか
2. ③
3. 田中さんは会社員ですか。

文型四
1. はい；です
2. ②
3. A：あなたは学生ですか。
　 B：はい、学生です。

文型五
1. は；です；も；です
2. ②
3. A：金さんは韓国人です。
　 B：あの人も韓国人です。

文型六
1. は；の
2. ②
3. 鈴木さんはユニクロの社員です。

まとめ問題
1. ①　2. ①　3. ③　4. ①
5. A：あなたは日本人ですか。
　 B：はい、日本人です。
6. 佐々木さんは台湾人ではありません。

02

文型一
1. あれ / それ
2. ②
3. A：それは何ですか。
　 B：これは雑誌です。

文型二
1. の
2. ③
3. それは中野さんの新聞ではありません。

文型三
1. この椅子；の
2. ①
3. あのぺん / そのペン はあなたのです。

文型四
1. ですか；ですか
2. ①
3. この車は高さんのですか、劉さんのですか。

文型五
1. の
2. ③
3. A：それ は何の本ですか。
　 B：あれ / それ はカメラの本です。

まとめ問題
1. ①　2. ②　3. の
4. A：あれ / それ は何ですか。
　 B：これは木です。
5. あの / その かばんは李さんのです。

03

文型一
1. あそこ / そこ
2. ②
3. ここは事務所です。

文型二
1. どこ；あそこ / そこ
2. ③
3. A：鈴木先生の事務所はどこですか。
　 B：5階です。

文型三
1. 会社の1階
2. ②
3. 林さんはお手洗いです。

文型四
1. どこの；日本の
2. ①
3. A：これはどこの車ですか。
　 B：HONDA の車です。

まとめ問題
1. ③
2. ②
3. の；アメリカの
4. 本の売り場；どこ
5. A：教室はどこですか。
　 B：あそこ / そこ です。
6. A：それはどこの机ですか。
　 B：台湾の机です。

04

文型一
1. 2 時
2. ①
3. A：今何時ですか。
　 B：今午後 5 時 45 分です。

文型二
1. 火曜日　　　　　　　　　2. ①
3. A：明日は何曜日ですか。
　　B：明日は月曜日です。
文型三
1. 8時に　　　　　　　　　2. ①
3. 伊藤さんは水曜日と木曜日（に）休みません。
文型四
1. 午前9時から午後9時まで　　2. ②
3. 山田さんは月曜日から木曜日まで休みます。
まとめ問題
1. ①　　　　　　　　　　　2. ②
3. 午後1時に
4. 一昨日午前9時；午後3時；ました
5. A：今何時ですか。
　　B：今午前4時57分です。
6. このデパートは金曜日に終わります。

05

文型一
1. へ行きます　　　　　　　2. ①
3. A：おとといどこへ行きましたか。
　　B：夜市へ行きました。
文型二
1. 地下鉄で；へ行きます　　2. ③
3. 彼は昨日バスで台中へ行きました。
文型三
1. と；へ行きます　　　　　2. ①
4. 彼は友達とバイクで家に帰りました。
文型四
1. いつ；へ；か；×　　　　　2. ①
3. A：いつ彼と韓国へ行きますか。
　　B：来年の3月に行きます。
まとめ問題
1. ②　　　　　　　　　　　2. ③
3. 彼と；で；に
4. X；で；へ
5. A：昨日どこへ行きましたか。
　　B：友達と一緒に鞄の売り場に行きました。
6. A：いつ王さんと南投へ行きますか。
　　B：来週の金曜日（に）行きます。

06

文型一
1. を　　　　　　　　　　　2. ①
3. A：先週の水曜日（に）何をしましたか。
　　B：携帯を買いました。
文型二
1. で　　　　　　　　　　　2. ①
3. A：どこで映画を見ましたか。
　　B：デパートで映画を見ました。
文型三
1. いっしょに；ませんか　　2. ②
3. A：いっしょにたばこを吸いませんか。
　　B：いいえ、大丈夫です。
文型四
1. 駅で会いましょう　　　　2. ③
3. A：いっしょに宿題をしませんか。
　　B：ええ、いいですね。しましょう。
まとめ問題
1. ①　　　　　　　　　　　2. ③
3. いっしょに；見ませんか
4. A：いっしょに晩ご飯を食べませんか。
　　B：ええ、いいですね。食べましょう。
5. A：いっしょにコーヒーを飲みませんか。
　　B：いいえ、大丈夫です。
6. A：どこでビールを飲みましたか。
　　B：夜市で飲みました。

07

文型一
1. で　　　　　　　　　　　2. ③
3. 私の母は携帯で電話をかけます。
文型二
1. で　　　　　　　　　　　2. ②
2. A：「好漂亮」は日本語で何ですか。
　　B：「きれい」です。
文型三
1. に　　　　　　　　　　　2. ①
3. わたしは友達にはさみを貸しました。
文型四
1. もう；ましたか；もう；ました　2. ①
3. A：もう家を掃除しましたか。
　　B：はい、もう掃除しました。
　　　　いいえ、まだです。これからします。

答え

解答

まとめ問題

1. ②　　　　　　　2. ①
3. 子どもにアメリカの雑誌
4. 日本語で
5. 彼は原田先生に日本語を習いました。
6. A：もう紙を切りましたか。
　　B：はい、もう切りました。
　　　　いいえ、まだです。これから切ります。

08

文型一
1. 大きい　　　　　　2. ①
3. うちの父は優しいです。
文型二
1. 有名な　　　　　　2. ①
3. 台北は賑やかな町です。
文型三
1. とても；です　2. ③
3. 花はあまり高くないです。
文型四
1. そして　　　　　　2. ①
3. その / あの　写真は古いです。そして小さい
　　です。
文型五
1. 高いですが　2. ③
3. この雑誌は面白いですが、高いです。
文型六
1. どうですか　2. ①
3.A：李さんはどんな人ですか。
　B：優しい人です。
まとめ問題
1. ①　2. ②　3. あまり親切ではありません
4. そして面白いです
5. この映画は面白いです。
6. 台北駅は賑やかな駅です。

09

文型一
1. ケーキが好き　　　　　2. ③
3. 原田さんは中国語が上手です。

文型二
1. 韓国語がわかります　2. ①
3. 田中さんは中国語がわかりません。
文型三
1. カメラがあります　　　2. ②
3. 花子さんは靴がありません。
文型四
1. 花が好きですから　　　2. ①
3. 本がたくさんありますから、よく読みます。
文型五
1. どうしてですか　　　　2. ①
3. A：一昨日何も飲みませんでした。
　　B：どうしてですか。
　　A：お金がありませんでしたから。
まとめ問題
1. ①　　2. ①　　　3. が好きですから
4. 料理が下手
5. 高さんは日本語がわかりません。
6. A：先月何も買いませんでした。
　　B：どうしてですか。
　　A：お金がありませんでしたから。

10

文型一
1. 先生と学生がいます　2. ①
3. 動物園に象がいます。
文型二
1. コンビニがあります　2. ①
3. 冷蔵庫に人参と白菜があります。
文型三
1. にいます　　　　　2. ①
3. 百合さんは郵便局にいます。
文型四
1. にあります　　　　2. ①
3. コンビニはマクドナルドと花屋の間に
　　あります。
文型五
1. がいます　　　　　2. ①
3. 冷蔵庫にコーヒーやジュースやお茶などが
　　あります。
まとめ問題
1. ①　　2. ③　　　3. レストランがあります
4. の前に；があります

5. 銀行は病院とコンビニの間にあります。

6. 公園にねこやいぬがいます。

11

文型一

1. を 8 冊読みました　　2. ②

3. A: ここは / に 象が何頭いますか。

B: 象が 8 頭います。

文型二

1. 毎日パソコンを 3 時間　　2. ③

3. 私は昨日 4 時間電話をかけました。

文型三

1. 1 か月に 3 回; と　　2. ②

3. 林さんは 1 年に 3 回家に帰ります。

まとめ問題

1. ②　　2. ①　　3. に; 5 つあります

4. 4 時間; ました

5. 林さんは 1 か月に 3 回デパートで彼氏と
　会います。

6. 李さんは毎日本を 3 時間読みます。/ 李さんは
　毎日 3 時間本を読みます。

12

文型一

1. より安いです　2. ③

3. 高雄は台北より暑いです。

文型二

1. と; とどちらが暑いですか; のほうが;
　どちらも　　2. ①

3. A: 幸子さんと伊藤さんとどちらがきれい
　です か。

B: 伊藤さんのほうがきれいです。
　どちらもきれいです。

文型三

1. の中で何が一番おいしい; 一番おいしい

2. ③

3. A: 1 年の中でいつが一番寒いですか。

B: 冬が一番寒いです。

まとめ問題

1. ①　　2. ①

3. と; とどちらがおいしいですか; のほうが
　おいしいです; どちらもおいしいです

4. の中で何が一番簡単; が一番簡単

5. 王さんは私より忙しいです。

6. 会社の中で誰が一番おもしろいですか。

附件 12

い形容詞

おいしくないです; 暑くないです;
高くないです; よくないです;
寒くないです; おもしろくないです

な形容詞

元気ではありません; 静かではありません;
にぎやかではありません; 親切ではありません;
有名ではありません; 暇ではありません

名詞

先生ではありません; 水曜日ではありません;
20 歳ではありません; 学生ではありません;
夏休みではありません; 雨ではありません

(※では也可換成じゃ)

答え（復習）

1 ～ 3

1.
① 1. アメリカ　② 4. カメラ　③ 1. 雑誌
④ 3. 教室　⑤ 4. 車　⑥ 3. だいがく
⑦ 4. つくえ　⑧ 3. おてあらい⑨ 4. じむしょ
⑩ 2. かんこくご

2.
①あの方は（どなた）ですか。田中さんです。
②それは（何）の雑誌ですか。車の雑誌です。
③トイレは（どこ）ですか。あそこです。
④カメラ売り場は（何階）ですか。7 階です。

3.
①（それ）は（鞄）です。
②（あれ）は（椅子）です。
③（あそこ）は（トイレ / お手洗い）です。
④（ここ）は（受付）です。
⑤（そこ）は（食堂）です。

4.
① B：はい、（林）です。
② B：いいえ、医者（ではありません）。研究者です。
③田中さんは日本人です。中谷さん（も）日本人です。
④田中さんは東京大学（の）学生です。
⑤ B：（新聞です）。
⑥ B：（日本語）の本です。
⑦（この）ペンは私のです。
⑧ B：（日本）です。
⑨ B：はい、（そう）です。
⑩ B：（5000 円）です。

5.
①私は会社員じゃありません。
②これは田中さんの鞄です。
③この手帳は 1300 円です。

4 ～ 5

1.
① 3. ばいく　② 1. 午後　③ 3. 来週
④ 1. 昨日　⑤ 4. 家族　⑥ 4. げつようび
⑦ 1. はたらきました　　⑧ 3. けさ
⑨ 2. まいにち　⑩ 3. しんかんせん

2.
①今（何時）ですか。6 時半です。
②明日は（何曜日）ですか。日曜日です。
③（いつ）日本へ行きますか。来月行きます。
④（何で）日本へ来ましたか。飛行機で来ました。

3.
① 3 時 40 分（さんじ よんじゅっぷん）です。
② 9 時 30 分（くじ さんじゅっぷん）です。
③ 1 時 20 分（いちじ にじゅっぷん）です。
④ 7 時（しちじ）です。

4.
① 1 月 1 日（いちがつついたち）です。
② 4 月 20 日（しがつ はつか）です。
③ 9 月 8 日（くがつ ようか）です。

5.
①毎日バス（で）会社（へ）行きます。
②昨日 10 時（に）寝ました。
③今年（の）8 月（に）日本から来ました。
④わたしは（働きません）。
⑤ B：どこ（も）行きません。

6.

～ます	～ません	～ました	～ませんでした
行（い）きます	行きません	行きました	行きませんでした
終わります	終わりません	終わりました	終わりませんでした
来ます	来ません	来ました	来ませんでした
勉強します	勉強しません	勉強しました	勉強しませんでした

7.
① 日本は今午前 7 時 7 分です。
② 私は 1 時半から 4 時半まで勉強します。
③ 私は友達とデパートへ行きました。

6 〜 7

1.
① 2. テレビ　② 1. パソコン　③ 3. 映画
④ 2. お肉　⑤ 1. 写真　⑥ 2. あいました
⑦ 1. かみ　⑧ 1. こうえん　⑨ 2. やさい
⑩ 4. おちゃ

2.
① ご飯を食べました。
② 音楽を聞きました。
③ 本を読みました。
④ テレビを見ました。

3.
① B：何 (も) 食べません (でした)。
② どこ (で) 雑誌を買いましたか。
③ A：土曜日に何 (を) しますか。
④ いっしょに台北へ (行きません) か。
⑤ 私は彼 (に) 傘を貸しました。
⑥ 私は日本語 (で) レポートを書きます。
⑦ 私は友達 (に) チョコレートをあげました。
⑧ もう晩ご飯を (食べました) か。
⑨ 李さんはジュースを (飲みました)。
⑩ B：いいえ、(まだです)。

4.
① 先週の金曜日に何をしましたか。
② 私は先生に英語を習います。
③ 私は友達に花をもらいました。

8 〜 9

1.
① 1. ハンサム　② 3. 優しい　③ 2. 寒い
④ 2. 町　⑤ 1. 時間　⑥ 4. たかい
⑦ 2. へた　⑧ 4. かたかな　⑨ 1. しんせつ

⑩ 3. あたらしい

2.
① 京都は (どう) ですか。きれいです。
② 田中さんは (どんな) 人ですか。面白い人です。
③ 山田さんは来ませんでした。(どうして) ですか。
④ あなたは (どんな) 料理が好きですか。タイ料理が好きです。
⑤ あなたは (なに) が好きですか。本が好きです。

3.
① (いい) 天気です。
② (新しい) 車です。
③ (元気な) 人です。
④ (賑やかな) 町です。

4.
① このチョコレートは (とても) おいしいです。
② このケーキは (あまり) おいしくないです。
③ 奈良は (きれいな) 町です。
④ 田中さんは親切 (です。そして)、優しいです。
⑤ このかばんはきれい (ですが)、高いです。
⑥ 王さんは日本語 (が) 好きです。
⑦ 私は本が (たくさん) あります。
⑧ 私は英語が (全然) わかりません。
⑨ 山田さんはチョコレートが好きですから、よく (食べます)。
⑩ 私は時間がありません (から)、日本へ行きません。

5.
① 私は日本語が少しわかります。
② 私は料理が上手じゃありません。
③ 奈良は静かです。そして、きれいです。

10 〜 11

1.
① 1. ドア　② 4. コンビニ
③ 3. ゆうびんきょく　④ 3. なんにん
⑤ 3. ほんだな　⑥ 1. おとうと　⑦ 2. お姉さん
⑧ 2. 部屋　⑨ 4. 魚　⑩ 4. 前

2.

①本屋とデパートの 間です / 間にあります。

②本屋の 右です / 右にあります。

③コンビニの隣です / 隣にあります。

3.

①雑誌を2冊 ; 傘を1本

②2人

③いくつ

④2杯

4.

①花が (あります)。

②猫が (います)。

③ B：誰も (いません)。

④冷蔵庫の中に野菜 (や) 卵などがあります。

⑤先生 (は) 教室にいます。

⑥銀行 (の) 右に公園があります。

⑦東京から大阪までどのくらい (×) かかりますか。

⑧私は1か月 (に) 2回映画を見ます。

⑨昨日英語を (1時間) 勉強しました。

⑩本屋は花屋と銀行の (間) にあります。

5.

①箱の中に何がありますか。

②どのくらい日本語を勉強しましたか。

③部屋に椅子が5つあります。

12

1.

① 1. パン　　② 3. 秋　　③ 3. 辛い

④ 4. あめ　　⑤ 3. おおい

2.

	現在／未來	過去
肯定	例：安いです 寒いです 簡単です きれいです 親切です 雨です 学生です	例：安かったです 寒かったです 簡単でした きれいでした 親切でした 雨でした 学生でした
否定	例：安くないです 寒くないです 簡単では / じゃありません きれいでは / じゃありません 親切では / じゃありません 雨では / じゃありません 学生では / じゃありません	例：安くなかったです 寒くなかったです 簡単では / じゃありませんでした きれいでは / じゃありませんでした 親切では / じゃありませんでした 雨では / じゃありませんでした 学生では / じゃありませんでした

3.

①今 (忙しい) ですか。

②昨日は (暑かったです)。

③りんごはみかん (より) おいしいです。

④肉と魚と (どちら) が好きですか。

⑤中華料理の (中で) 何が一番好きですか。

4.

①コーヒーとお茶とどちらがいいですか。

②このかばんはそのかばんより高いです。

③家族で誰が一番面白いですか。

コーラの豆知識

スポーツ＝運動？

　曾在書上看到這樣的句子：「スポーツ」をする前<ruby>前<rt>まえ</rt></ruby>に、必<ruby>必<rt>かなら</rt></ruby>ず準<ruby>準<rt>じゅん</rt></ruby>備<ruby>備<rt>び</rt></ruby>「運<ruby>運<rt>うんどう</rt></ruby>動」をします。句中出現了「スポーツ」跟「運<ruby>運<rt>うんどう</rt></ruby>動」，2個都是「運動」的意思，但它們有什麼不同呢？

　一般而言，「スポーツ」指的是「水<ruby>水<rt>すいえい</rt></ruby>泳」、「野<ruby>野<rt>や</rt></ruby>球<ruby>球<rt>きゅう</rt></ruby>」之類的各種「競技項目」，而不管是登山還是打掃房子，只要是讓身體動的東西都可稱為「運<ruby>運<rt>うんどう</rt></ruby>動」。通常「スポーツ」與「運<ruby>運<rt>うんどう</rt></ruby>動」是不太能替換的，例如我們講「スポーツショップ」，卻不講「運<ruby>運<rt>うんどう</rt></ruby>動ショップ」。

　另外，「スポーツ」帶有設施、服裝、用具的強烈感覺，而「運<ruby>運<rt>うんどう</rt></ruby>動」則是有家裡或是附近的空地的那種比較輕鬆的印象。

答え　解答

王可樂日語 原來如此的喜悅！

　　2010年創辦人王老師以愛貓「可樂」的名義創立「王可樂的日語教室」，將鑽研多年的日文心法融會貫通，並研發出一套獨門學習系統，走過多個年頭，蛻變升級為「王可樂日語」，我們不教專有名詞，也不走學術派系，而是用台灣人最好理解的方式，將艱澀難懂的日文轉化成一聽就懂的語言，讓學日文不再害怕，就讓我們用「最台灣的方式，最好懂的日語」，讓你體會「原來如此的喜悅」吧！

線上課程

隨時隨地、隨心所欲，
24HR學習零距離

出版物

坊間書籍百百種，
王可樂日語出版，
濃縮重點讓你一看就懂！

主題講座

濃縮坊間眾多學習書
籍，整理出最好懂的
架構，學習即戰力！

線上課程

　　課程按級數分類從50音到N1、檢定都有,建議完全沒基礎的同學可以從初級就加入我們,因為這套系統強調的是「打好基礎,延伸學習」,我們不僅會幫同學把底子打好,還會教你怎麼延伸應用,進到中級以上的課程會不斷用文章拆解的方式溫故知新,許多同學到最後都能夠自己拆解長篇文章,因為我們相信「給你魚吃不如教你怎麼釣魚」理論,才是對學生最有幫助的。

◆初級(50 音- N4) / 總學習時數54小時
　　50 音:就像中文的ㄅㄆㄇ一樣,先從日文的注音學起
　　N5 - N4:認識由50音組合起來的單字,開始學習句子的結構

◆中級(N3) / 總學習時62小時
　　一般日本人日常生活的對話範圍

◆中高級(N2) / 總學習時數75小時
　　讀懂現代小說,能寫一般書信 (社內、平輩)

◆高級(N1) / 總學習時數39小時
　　習得艱深的詞彙、聽懂新聞內容

◆檢定課程(N5 - N1) / 一個程度的學習時數大約10小時
　　給已經打好該程度基礎的同學做考前衝刺

出版物

　　2015年12月發行第一本日文學習書籍《日語大跳級》後廣受迴響，曾經一天銷售衝破2700本，爾後王可樂團隊致力於每年一出版的理念至今已出版第四本書，累計銷售量突破四萬本，在日語出版界中備受肯定。

◆日語大跳級 (跟著王可樂，打通學習任督二脈)
　　收錄學習者考試常寫錯、日本人聽不懂的文法，濃縮成17個概念，帶你一舉突破日語學習瓶頸！

◆日語助詞王 (王可樂妙解20個關鍵，日檢不失分)
　　蒐羅學習者最常提問20個實用助詞，用最有趣的方式解說，讓你一次搞懂，日檢輕鬆過關！

◆日語最強相關用語 (王可樂日語嚴選，表達力‧語彙量一次滿足)
　　依生活主題分類，一次串聯大量相關單字與短句，緊扣日常，365天天天用得上！

◆王可樂的日文超圖解 (抓出自學最容易搞混的100個核心觀念，將單字、助詞、文法分好類，超好背！)
　　誰說插圖只能學基礎？從圖解基礎到進階，突破一直卡關的關鍵障礙！

主題講座

　　學習日文的過程中，很多文法總是學了又學還是搞不懂嗎？

　　王可樂老師閱讀坊間許多相關日文學習書，並濃縮最精華重點，整理出最好理解的架構，讓你運用3-4小時的課程時間一聽就懂！學習即戰力！

◆ はが大解密

　　沒有專有名詞或是「強調」「主觀」「客觀」等模糊詞彙說明，利用系統化的學習引導，配合大量的例句，只要3.5小時，95%的「は、が」用法就能看得懂！

◆ 自他動詞全攻略

　　從最基本的概念及句型導入，並以意志、非意志的角度對照自他動詞的應用，深入探討其使用時機、狀態用法、「自動詞他動詞化／他動詞自動詞化」的特徵與使用限制等議題，並附上插圖與練習題做即時演練及解說，讓同學輕鬆掌握自他動詞的用法。

新主題講座陸續規劃中！

王可樂日語初級直達車 1：入門初學零基礎，快速完全掌握

作　　者／王可樂日語
圖文版型／必思維品牌顧問公司
總 策 劃／王頂偓
營運統籌／林嬬筑
執行策劃／魏攸樺
專業校對／王可樂日語
責任編輯／林欣儀
美術編輯／劉曜徵

總 編 輯／賈俊國
副總編輯／蘇士尹
編　　輯／高懿萩
行銷企劃／張莉滎　‧　蕭羽猜

發 行 人／何飛鵬
法律顧問／元禾法律事務所王子文律師
出　　版／布克文化出版事業部
　　　　　台北市中山區民生東路二段 141 號 8 樓
　　　　　電話：(02)2500-7008　傳真：(02)2502-7676
　　　　　Email：sbooker.service@cite.com.tw
發　　行／英屬蓋曼群島商家庭傳媒股份有限公司城邦分公司
　　　　　台北市中山區民生東路二段 141 號 2 樓
　　　　　書虫客服服務專線：(02)2500-7718；2500-7719
　　　　　24 小時傳真專線：(02)2500-1990；2500-1991
　　　　　劃撥帳號：19863813；戶名：書虫股份有限公司
　　　　　讀者服務信箱：service@readingclub.com.tw
香港發行所／城邦（香港）出版集團有限公司
　　　　　香港灣仔駱克道 193 號東超商業中心 1 樓
　　　　　電話：+852-2508-6231　傳真：+852-2578-9337
　　　　　Email：hkcite@biznetvigator.com
馬新發行所／城邦（馬新）出版集團 Cité (M) Sdn. Bhd.
　　　　　41, Jalan Radin Anum, Bandar Baru Sri Petaling,
　　　　　57000 Kuala Lumpur, Malaysia
　　　　　電話：+603- 9057-8822　　傳真：+603- 9057-6622
　　　　　Email：cite@cite.com.my
印　　刷／凱林彩印股份有限公司
初　　版／2020 年 02 月　初 版 8 刷／2023 年 11 月
售　　價／520 元
ISBN ／ 978-986-5405-58-8